스타라이프

1판 1쇄 찍음 2018년 9월 18일
1판 1쇄 펴냄 2018년 9월 27일

지은이 | 정사부
펴낸이 | 정 필
펴낸곳 | 도서출판 뿔미디어

편집장 | 김대식
기획 · 편집 | 문정흠

출판등록 | 2002년 9월 11일 (제1081-1-132호)
주소 | 경기도 부천시 원미구 소향로 17번길(두성프라자) 303호 (우) 14544
전화 | 032)651-6513 / 팩스 032)651-6094
E-mail | bbulmedia@hanmail.net
비북스 | http://www.b-books.co.kr

값 8,000원

ISBN 979-11-315-9300-4 04810
ISBN 979-11-315-8292-3 04810 (세트)

BBULMEDIA FANTASY STORY

흑백소이 Ⅱ

CONTENTS

Chapter 1 스캔들 … 7

Chapter 2 수현과 셀레나 로페즈 … 33

Chapter 3 데이트 … 61

Chapter 4 정리 … 95

Chapter 5 준비 … 123

Chapter 6 홍보 … 151

Chapter 7 열광 … 179

Chapter 8 신드롬 … 215

Chapter 9 마이크의 도전 … 245

Chapter 10 천둥벌거숭이 … 271

Chapter 1

스캔들

휘이익!

왜 그런 날이 종종 있지 않은가. 아무런 일도 없는데 마냥 기분이 좋을 때 말이다.

현재 재성의 기분이 딱 그랬다.

그래서인지 집 거실을 거닐며 저도 모르게 휘파람이 절로 나왔다.

잘 불어지지 않아 바람 새는 소리가 간간이 들렸지만, 그래도 좋기만 했다.

평소엔 잘 부르지 못하는 휘파람이지만, 소리가 난다는 것만으로도 본인 스스로는 만족했다.

"음, 뭐 좋은 소식 없나?"

재성은 기분 좋은 아침 햇살을 만끽하면서 간단히 샤워를 하고 컴퓨터 앞에 앉았다.

인터넷 창을 열자 가장 먼저 포털 사이트의 메인 뉴스가 보였다.

"어?"

한 장의 사진과 함께 짙은 글씨로 쓰여진, 자극적인 가십이었다.

넘쳐흐르는 연예계 가십 기사 속에서 웬만큼 파격적인 내용이 아니라면 그의 눈에 들지 못했다.

그런 재성이지만, 눈앞에 있는 기사는 절로 시선을 잡아끌었다.

한국인이라면 누구나 다 알고 있을 스타, 인기 절정의 아이돌 그룹의 리더, 출연한 드라마마다 최고의 시청률을 만들어내는 명품 배우인 수현의 소식이 새해부터 메인 뉴스를 장식하고 있었다.

이제 수현은 팬들에게 기사단장이라 불리던 아이돌 가수가 아니다.

전 세계인들로부터 히어로 정 또는 슈퍼 히어로 수현이라는 다양한 별명을 얻으며 최고 스타의 반열에 오른 것이다.

그런 정수현이 마찬가지로 세계적인 스타인 셀레나 로페즈와 함께 호텔에서 나오는 사진이 찍혀 있었다.

"왓 더 퍽!"

재성의 입에서 저도 모르게 미국식 욕설이 튀어 나왔다.

그러고는 자세한 내용을 파악하기 위해 기사를 클릭했다.

20XX년 1월 1일, 새벽 3시경 뉴욕 힐튼 호텔 입구에서 세계적인 팝 아티스트이자 연기자인 셀레나 로페즈와 한국의 슈퍼 히어로 정수현이 함께 나오는 모습이 포착되었다.

저스트 비버의 연인이라 알려진 셀레나 로페즈는 전날 그래미 시상식 피로연에서 결별을 선언하며 큰 놀라움을 알려주었다.

당시 트러블에 함께 휘말린 정수현과 셀레나 로페즈가 호텔에서 함께 나온 이유를 아직은 알 수 없지만, 셀레나 로페즈의 정수현을 바라보는 눈빛은 무척이나 심상치 않아 보인다.

내용 자체만 봐서는 가십성 뉴스가 맞았다.

정수현은 전날 한국에서 KTV의 연말 시상식에 참석하고, 바로 중국 상해로 이동해 중화 영상 성전에도 자리를 함께했다.

뿐만 아니라 숨 돌릴 틈도 없이 다시 미국으로 넘어가 그래미 시상식에 참여했다.

이 모든 스케줄이 하루 만에 이루어졌다.

그런데 그 바로 다음 날인 오늘, 스캔들 기사가 터졌다.

수현의 살인적인 스케줄을 알고 있는 사람이라면 이러한

가십에 혹하지 않을 것이다.

설마 두 사람 간에 어떤 일이 있었다 해도, 기사에 나온 것처럼 감정이 생기기엔 시간이 맞지 않았다.

그러나 어디서나 험담을 하는 악플러들은 있기 마련이다.

어떤 사정으로 그러한 사진이 찍혔는지는 전혀 생각도 않고 그냥 악성 댓글을 달 뿐이다.

하지만 재성이 신경 쓰는 건 그런 악플 따위가 아니었다.

"대단하네."

호텔 앞에서 찍힌 수현과 셀레나 로페즈는 누가 봐도 잘 어울렸다.

기사에서는 단순히 의혹만 제기했지만, 실제로 둘이 사귄다 해도 할 말이 없을 정도였다.

사실 수현은 요 근래 들어 급속한 유명세를 통해 전 세계에 알려지고 있지만, 셀레나 로페즈는 그렇지 않았다.

그녀는 저스트 비버와 함께 어려서부터 재능을 보이며 최고의 자리에 올랐다.

더욱이 저스트 비버와의 연애사는 그러한 두 사람의 유명세에 불을 붓는 격이었다.

전 세계의 팬들이 셀레나 로페즈와 저스트 비버의 일거수일투족을 주시하며 관심을 보였다.

이후 저스트 비버의 마약 복용 문제와 함께 두 사람의 관계도 파탄을 맞이했지만, 몇 달 전 다시 재결합하며 이슈가 되기도 했다.

물론 그 후에도 두 사람의 결별설은 심심찮게 들려왔다.

저스트 비버의 계속되는 구설수와 난잡한 파티, 그리고 연일 다른 여자들과 함께 찍은 사진들이 SNS를 장식했기 때문이다.

결국 두 사람의 파국은 이미 예견된 일이나 다름없었다.

하지만 그 후의 경과는 정말 충격적이었다.

셀레나 로페즈가 새로이 선택한 남자, 그게 바로 요즘 핫 이슈인 정수현이었기 때문이다.

*　　　*　　　*

따르릉, 따르릉!

"여보세요? 아, 그런 것 아닙니다."

"김 기자님, 저희 말을 왜 못 믿으시는 겁니까. 아니라고요."

"저희도 지금 사태를 파악하는 중입니다. 수현 씨와 연락이 되면 나중에 말씀드리겠습니다."

킹덤 엔터의 직원들은 새해를 맞이하자마자 정신이 없었다.

비단 홍보실만의 문제가 아니었다.

모든 부서의 직원들이 여기저기서 정신없이 걸려오는 전

화를 받고 해명하느라 진땀을 빼야 했다.

평범한 기업들과 달리 엔터테인먼트 관련 업종은 연말이나 연초라 해서 그리 느긋하게 지내지는 못한다.

오히려 연말과 연초에 온갖 시상식 및 특별 방송 등이 편성되기에 더욱 바쁜 시간을 보내야만 하는 게 연예계 종사자들의 애환이었다.

그런 와중에도 대개 하루 정도는 가족들과 함께할 시간을 주는데, 올해는 그게 불가능했다.

사고가 터졌다며 빠른 시간 안에 회사로 나오라는 지시가 떨어진 탓이었다.

이미 킹덤 엔터는 전쟁터나 마찬가지였다.

"아닙니다. 수현 씨 스케줄 어떤지 빤히 아시면서 그런 말씀을 하십니까. 정말 섭섭합니다."

탁.

아침 일찍부터 날아든 수현의 스캔들 소식에 킹덤 엔터의 홍보부장인 박명환 이사는 정신을 차릴 수가 없었다.

쏟아지듯 밀려드는 연락에 일일이 해명을 하느라고 진이 다 빠진 그는 힘없이 풀썩 주저앉았다.

그로서는 정말 마른하늘에 날벼락을 맞은 셈이었다.

새해를 맞아 가족들과 모처럼 정겨운 시간을 보내다가 느닷없는 소식에 회사로 달려 나올 수밖에 없었다.

그는 출근하자마자 울려 대는 기자들의 전화로 인해 제대로 쉬지도 못했다.

방금 전 겨우 통화를 끝내고 이제야 숨 좀 돌리겠다며 자리에 앉았다.

하지만 그것도 잠시였다. 또다시 울려 대는 전화로 인해 그는 전쟁터로 뛰어들어야만 했다.

*   *   *

"전창걸 부장하고는 통화가 되었나?"

이재명은 출근하자마자 홍보부장인 박명환을 불러 물었다.

"예. 조금 전에 통화를 하였는데, 오히려 그게 무슨 소리냐며 물어오더군요."

"뭐야? 그럼 아무 일도 없는데 그런 사진이 찍혔다는 말인가?"

이재명은 인상을 쓰며 반문했다.

하지만 박명환 이사는 별로 놀란 기색도 없이 차분하게 말을 이어 나갔다.

사실 박명환 이사도 계속해서 문의를 해오는 연예부 기자들에게 시달리면서 짜증이 나 있었다.

그러면서 담당 연예인 관리를 제대로 못해 사진을 찍히게 만든 전창걸에게 엄청 분노했다.

만약 눈앞에 전창걸이 있었다면 절대 가만두지 않았을 것이다.

아니, 설령 사진의 주인공인 수현이라 해도 한 소리 쏟아낼 심정이었다.

물론 생각만 그럴 뿐이었다.

막말로 아무리 자신이 이사라고는 하나 수현에게 화를 낼 수는 없었다.

그건 바로 기획사에 소속된 직원의 업보라 할 수 있었다.

일반적으로 연예인과 기획사는 계약으로 묶인 관계다.

아무리 서로의 관계가 좋다고 해도 갑과 을로 대변되는 계약 관계인 탓에 둘 간에는 엄연히 지켜야 할 선이 있다.

하지만 여기서 누가 갑이고 누가 을인가.

갓 데뷔를 한 신인이거나 인지도가 없는 연예인에게는 회사가 갑이다.

하지만 그와 반대로 인지도가 높은 톱스타들의 경우, 그 입장이 180도 바뀐다.

이때는 연예인이 갑이 되는 것이다.

그런 이유로 계약상의 수익 분배에서도 유명 연예인이 상당한 부분을 가져간다.

그런데 수현의 입장은 그것과는 또 조금 달랐다.

수현은 처음 계약을 할 당시부터 최유진의 영향력 아래 갑의 위치에서 계약을 맺을 수 있었다.

스타라이프

그도 그럴 것이, 수현이 데뷔를 하게 된 것은 킹덤 엔터가 아닌, 톱스타인 최유진이 수현 개인에게 투자를 하여 이루어진 결과이기 때문이다.

전략적 요소로 아이돌 그룹에 속하게 되긴 했지만, 사실상 킹덤 엔터로부터 따로 지원을 받거나 한 것은 없었다.

오직 최유진의 후원만으로 기회를 얻게 된 것이다.

그 뒤로도 수현은 잘 닦인 고속도로를 달리듯 인기가 급상승하였다.

덩달아 수현이 소속된 로열 가드도 데뷔를 하자마자 인기 아이돌 그룹의 반열에 올랐다.

이런 상황에서 킹덤 엔터가 수현을 내친다는 것은 있을 수도 없는 일이었다.

더욱이 캐시카우였던 최유진도 현재는 연예계를 은퇴한 터라 더 이상 수익을 바랄 수 없었다.

게다가 작년에 터진 스캔들로 인해 상당수의 소속 연예인들이 킹덤 엔터를 떠나 로열 가드 외에는 수익을 낼만한 연예인이 부족한 상태이기도 했다.

물론 로열 가드, 아니, 정확하게는 수현이 해외 활동을 하면서 빠져나간 수익의 대부분을 충당했다.

그러다 로열 가드의 미국 진출에 대해서도 조심스럽게 이야기가 진행되던 중에 수현이 미국에서 대박을 쳤다.

데뷔를 하기도 전에 이미 그 이름을 널리 알린 것이다.

그러다 보니 수현이 무슨 사고를 치든, 아니, 살인이나 사기만 아니라면 웬만한 사고는 그냥 덮어버려야 할 정도로 중요한 위치에 올라 버렸다.

웬만한 아이돌 스타라면 당장 회사로 불러들여 불호령을 내렸을 테지만, 상대가 수현이다 보니 그러지도 못하는 것이었다.

그런데 우스운 것이, 수현을 케어하기 위해 함께 미국으로 간 전창걸은 정작 수현의 스캔들에 대해 아무것도 모르고 있었다.

한시도 수현의 곁에서 한시도 떨어지지 않은 전창걸이기에 박명환 이사의 전화에 오히려 황당해했다.

그러면서 박명환 이사는 전창걸에게 스캔들이 난 사진을 보여주고 나서야 진실을 들을 수 있었다.

"그게 그 호텔에 간 것은 맞다고 합니다. 그리고 기사에 나온 것처럼 함께 있는 여성 역시 셀레나 로페즈가 맞습니다."

"그럼 뭐야? 스캔들이 사실이란 소리잖아."

"사장님, 그게 아니라… 수현이 지금 무엇 때문에 미국에 갔습니까? 그래미 시상식의 초대를 받아 뉴욕에 간 것 아닙니까?"

"그렇지."

이재명은 고개를 끄덕이며 대답을 하였다.

"그래미는 미국 레코드 예술 과학 아카데미가 주최하는 시상식입니다."

"그건 나도 알고 있는 일이야. 그게 어떻다는 말인가?"

"미국 레코드 예술 과학 아카데미는 그래미 시상식이 끝나면 참석한 스타들과 자신들을 후원해 주는 VIP들을 모시고 에프터 파티를 연다고 합니다."

조곤조곤 이야기를 이어가는 박명환 이사의 말에 이재명도 더 이상 흥분하지 않고 차분한 신색을 되찾았다.

사실 그래미 시상식 이후에 열리는 파티는 워낙 유명한 탓에 이재명 사장도 알고 있는 내용이었다.

어느덧 이재명 사장의 흥분이 가라앉은 것을 확인한 박명환 이사는 그제야 비로소 전창걸에게 들은 내용을 꺼냈다.

그제야 이재명은 수현이 셀레나 로페즈와 함께 사진이 찍힌 연유를 이해할 수 있었다.

"그렇다면 수현이가 셀레나 로페즈와 함께 나왔다는 호텔이 바로……."

"네. 힐튼 호텔에서 파티가 있었다고 합니다."

모든 사정을 알게 된 이재명은 그야말로 기가 막혔다.

셀레나 로페즈와의 스캔들도 감당하기 힘든 판에 저스트 비버의 이름이 언급되었기 때문이다.

저스트 비버와 수현이 엮인 일로 인해 앞으로의 행보가 살짝 걱정이 되기도 했다.

아무리 수현이 영웅 대접을 받고 있다고는 하나 미국 연예계에서는 이제 갓 데뷔를 준비하는 신인일 뿐이다.

그에 비해 저스트 비버는 이미 상당한 팬을 확보하고 있는 톱스타다.

아무래도 인지도 면에서 급격한 차이가 날 수밖에 없는 것이다.

그런데 그런 저스트 비버와 악연으로 얽혔으니, 자칫 잘못하다간 미국 데뷔가 수포로 돌아갈 수도 있었다.

정말 어처구니없는 상황에 이재명은 자신도 모르게 중얼거렸다.

"하, 그놈 근처에는 정말 사건사고가 끊이질 않는구나."

박명환도 그 말에는 동의를 하는지 작게 고개를 끄덕였다.

＊　　　＊　　　＊

똑똑.

전창걸은 가족들과 뉴욕 투어를 마치고 호텔 레스토랑에서 느긋하게 저녁을 즐겼다.

모처럼 가족만의 시간을 갖게 되어 정말 뿌듯했다.

한껏 기분이 고조된 상태로 호텔 방으로 돌아온 그는 막 쉬려던 찰나에 홍보부장인 박명환의 전화를 받았다.

그런데 그가 전해준 소식은 그야말로 아닌 밤중의 홍두깨였다.

자신도 모르는 수현의 스캔들 기사가 한국에서 터졌다는 것이다.

너무도 어이가 없었다.

뉴욕에 온 후 수현의 일과는 별다를 게 없었다.

전창걸 자신의 가족과 함께 어울리며 뉴욕 투어를 하고, 호텔로 돌아와선 울프 TV에서 방영될 드라마 대본을 읽는 것이 전부였다.

요즘 한창 인기를 끌고 있는 장르인 히어로물인데, 원래는 없던 배역이지만 수현의 이미지와 딱 맞아떨어져 캐스팅이 된 것이다.

더욱이 해당 드라마는 1시즌을 성공적으로 마무리 지어 2시즌 때는 분량이 늘어났다.

미국에서는 보통 시즌제로 드라마가 제작되는데, 이때 1시즌이 무척이나 중요하다.

만약 1시즌에서 인기를 끌지 못하면 다음 시즌을 기약하지 못하고 막을 내린다.

그러니 1시즌 때 그 드라마의 성패가 갈린다고 해도 과언이 아닌 것이다.

또한 미래를 기약할 수 없기에 1시즌의 편수는 짧은 편이다.

보통 8~12편으로 구성되는데, 이 기간 안에 시청자들에게 인기를 끌어야 2시즌이 제작되는 것이다.

다행히 수현이 출연하기로 한 드라마는 1시즌에서 상당한 인기를 끌어 2시즌의 제작이 확정된 상태였다.

수현도 1시즌 당시 카메오로 잠깐 출연한 적이 있는데, 해당 편이 특히 시청률이 좋아 울프 TV에서 2시즌에선 수현을 주요 배역으로 캐스팅하였다.

원래 수현이 맡기로 한 배역은 중요도에 비해 그리 많이 등장하지는 않았다.

하지만 수현이 엄청난 인기를 끌고, 또 수현이 맡은 캐릭터의 인기도 덩달아 올라가면서 시나리오가 바뀌었다.

주연 캐릭터의 회상 장면에서 잠깐 등장하는 설정에서 180도 바뀌게 된 것이다.

드라마에서 캐릭터 하나를 성공시키는 것은 극히 어려운 일이다.

그런데 수현이 1시즌에서 잠깐 등장하는 것만으로 캐릭터 하나를 성공적으로 시청자들에게 관철시켜 버렸다.

울프 TV로서도 굳이 인기 있고 강한 인상을 심어준 캐릭터를 버려둘 이유가 없었다.

울프 TV에서 수현이 연기한 캐릭터의 비중을 높여 투입하자고 했을 때, 마침 작가 또한 새로운 아이디어를 떠올려 시즌 2의 시나리오가 변경되었다.

스타라이트

결국 수현은 새롭게 바뀐 시나리오를 익혀야만 했다.

그러니 그래미 시상식이 끝난 후에도 한국으로 돌아가지 않고 뉴욕에 남아 시나리오를 외우고 연습하고 있는 중이었다.

이러한 수현의 동선을 훤히 꿰고 있는 전창걸이기에 스캔들이 터졌다는 말에 코웃음을 쳤다.

그런데 더욱 황당한 것은 수현과 스캔들이 터진 사람이 한국인이 아닌 미국인, 그것도 엄청난 인기를 끌고 있는 연예인이라는 것이었다.

셀레나 로페즈.

그녀는 현재 미국에서 가장 핫한 여자 톱스타 중 한 명이다.

더욱이 그녀에게는 저스트 비버라는, 전 세계적인 인기를 가지고 있는 톱스타 남자 친구가 있었다.

아무튼 그런 남자 친구가 있는 셀레나 로페즈와 수현 간에 스캔들이 터졌다는 사실에 황당해했고, 또 증거라며 나온 사진을 보니 기가 막혔다.

박명환 이사가 보여준 사진은 전창걸도 그 자리에 있어 잘 알고 있었다.

저스트 비버가 폭행하려던 것을 수현이 막아주고, 파티가 끝난 후 셀레나 로페즈가 그에 대한 감사 인사를 하고 헤어지던 찰나에 찍힌 사진이었다.

전창걸은 그러한 내막을 박명환 이사에게 들려주었다.

그제야 박명환 이사도 안심을 하는 듯했다.

통화를 마친 전창걸은 혹시나 싶어 수현을 찾았다.

"수현아, 정수현!"

전창걸은 큰 소리로 수현을 불렀지만, 아무런 대답도 들려오지 않았다.

여느 때처럼 응접실 의자에 앉아 대본을 보고 있어야 할 수현이 보이지 않았다.

"얘가 어디 갔나? 어디 가면 간다고 이야기를 했을 텐데……."

전창걸은 주머니에서 휴대폰을 꺼내 수현에게 전화를 걸었다.

*　　　　　*　　　　　*

XX호텔 라운지.

뉴욕의 명물 중 하나인 센트럴파크가 한눈에 내려다보이는 이곳은 힐튼 호텔의 명소이기도 했다.

그런 탓인지 힐튼 호텔의 라운지를 찾는 손님들이 참 많았는데, 셀레나 로페즈 역시 그런 손님들 중 하나였다.

창 너머로 어두워진 배경 속에서 밝게 빛나는 가로등은 도심 한가운데 자리한 인공 숲을 마치 동화에 나오는 곳처럼 보이게 할 정도로 환상적인 분위기를 선사해 주었다.

그런 센트럴 파크를 내려다보고 있는 셀레나 로페즈의 표정은 배우답게 무척이나 풍부했다.

'그가 날 어떻게 생각할까?'

현재 셀레나 로페즈의 고민은 한 가지였다.

작년 12월의 마지막 밤, 그래미 시상식의 파티에서 자신에게 도움을 준 수현에 대한 고민이었다.

그녀의 머릿속에서 저스트 비버의 얼굴은 이미 지워진 지 오래였다.

자유분방하고 자신의 감정에 솔직한 미국인, 그것도 화려한 조명 아래에서 살아가는 그녀에게 남녀의 연애란 마음이 맞으면 만나고, 그렇지 않으면 이별하는 것이다.

그동안 그렇게 살아왔고, 앞으로도 그렇게 살아갈 것이라 생각했다.

하지만 지금 이 순간, 그녀는 수현에게 어떻게 다가가야 할지 갈피를 잡을 수가 없었다.

예전처럼 저돌적으로 밀어붙일까 하는 생각도 해보았다.

하지만 그러기에는 난관이 존재했다.

그녀가 들은 바로는 아시아인들은 연애에 있어 대개 보수적이란 말을 들었다.

그런 까닭에 여자가 먼저 대시하는 것에 거부감을 갖는다는 것이다.

어떻게 보면 헤퍼 보일 수도 있다는 조언에 셀레나는 조심스러울 수밖에 없었다.

사실 외국인들이 아시아, 특히나 한국인들에 대한 오해와 편견을 가지고 있는 것처럼 반대의 경우도 비일비재했다.

특히 서양인, 그러니까 미국인 여성들은 쉽게 몸을 허락해 육체관계를 맺는다는 고정관념이 그러했다.

그래서 여자가 먼저 접근을 해오면 육체적 관계를 원한다는 그릇된 생각을 갖는 경우가 많았다.

그러나 실은 자신의 행동에 자신감이 있는가, 아니면 소극적인가의 차이일 뿐인데, 오해를 하는 것이다.

물론 셀레나는 그런 사실을 알지 못하기에 조심스럽게 접근할 수밖에 없었다.

한편, 수현은 느닷없는 셀레나 로페즈의 전화에 한참 고민을 하다 라운지로 내려왔다.

잠시 주변을 살펴본 수현은 곧 창가에 앉아 있는 셀레나를 발견하고는 그녀가 앉아 있는 테이블로 다가갔다.

"실례합니다."

창밖을 보고 있던 셀레나는 자신을 부르는 소리에 고개를 돌렸다.

안 그래도 수현을 만나면 어떻게 말을 건네야 할지 갈피를 잡지 못하고 있었는데, 느닷없이 수현의 얼굴이 두 눈에 들어오자 정신을 차릴 수가 없었다.

"아, 어서 오세요."

그나마 겨우 인사를 건네 어색한 분위기는 피할 수가 있었다.

셀레나는 수현이 맞은편에 앉는 것을 확인하고는 조심스럽게 말을 꺼냈다.

"갑자기 찾아와 당황하셨죠?"

"아닙니다."

수현은 빙그레 미소를 지으며 대답을 하였다.

그 역시 신체 건강한 남자인지라 미녀의 전화는 어떤 때라도 환영할 만한 일이었다.

더욱이 그날 셀레나를 보고 살짝 심장이 두근거리지 않았던가.

그런 그녀가 수줍은 미소를 보이며 조심스럽게 말을 꺼내는 모습에 수현은 다시 한 번 가슴이 설레었다.

사실 수현도 약간은 편견을 가지고 있었다.

셀레나 로페즈는 저스트 비버와 함께 워낙 유명한 일화들을 많이 남겼기 때문에 어느 정도 선입견을 갖고 있던 게 사실이었다.

게다가 조금 전, 자신에게 만나자는 전화를 하던 모습에서 셀레나 로페즈의 당당하고 자유분방한 모습을 느꼈다.

그런데 막상 얼굴을 마주하자 셀레나는 너무도 얌전하고 조심스러운 모습을 보여주었다.

마치 그녀의 색다른 매력을 발견한 것 같아 자연 가슴이 뛸 수밖에 없었다.

그런 수현의 마음을 아는지, 모르는지 셀레나는 조심스럽게 입을 열었다.

"그날은 제대로 된 감사 인사를 드리지 못한 것 같아 실례를 무릅쓰고 연락을 드렸어요."

조심스러워하면서도 셀레나는 하고자 하는 말을 하였다.

이럴 때 보면, 역시 셀레나는 당찬 면모가 있다는 생각을 떠올릴 수 있었다.

"아닙니다. 그때도 이야기했지만, 그런 상황에서는 당연히 나서야 하는 게 도리라 생각합니다. 그러니 그 일에 대해선 너무 신경 쓰지 않으셔도 됩니다."

수현은 괜히 그날의 사건을 언급하면 안 좋은 기억이 떠오를 것이란 생각에 그녀를 배려하듯 조심스럽게 말을 꺼냈다.

"그렇게 이야기해 주시니 정말로 감사해요. 저스트가 정말로 수현 씨의 자상한 면을 반만이라도, 아니, 10%만이라도 닮았더라면 좋았을 텐데……."

그날 이후 바로 결별 통보를 한 셀레나였다.

그런데 저스트 비버에 대한 이야기가 나오자 새삼스레 한숨이 나왔다.

정말 생각할수록 수현과 비교가 되었다.

물론 셀레나가 수현에 대해 많은 것을 알지는 못했다.

그녀가 아는 것이라곤 그저 미디어를 통해 알려진 것과 또 로열 가드의 팬 사이트에 올라와 있는 내용이 전부였다.

하지만 그 정도만으로도 수현의 품행은 참으로 본받을 만했다.

어려운 형편 탓에 학업을 중단하려는 팬에게 학자금을 지원해 주고, 돈이 없어 치료를 받지 못하는 사람에게 일체의 병원비를 내준 일화는 이미 유명했다.

팬 사이트만의 의견이라면 꾸며진 이야기일 수도 있겠지만, 그와 함께 나란히 스크랩된 당시 뉴스가 있는 것을 보면 모두 사실일 것이란 생각이 들었다.

사실 그녀를 비롯해 많은 할리우드 스타나 가수들도 불우한 이웃을 위해 기부를 한다.

그리고 그런 행동을 당연한 것이라 여긴다.

팬들의 사랑을 받고 그 결실로 지금의 지위를 갖게 되었으니, 당연히 그것을 다시 팬들에게 돌려주는 것이 맞다는 생각에서다.

하지만 수현은 그런 정도를 넘어 자신의 생명이 위험해질 수 있는 상황에서도 몸을 돌보지 않는 모습을 여러 번 보여주었다.

셀레나는 그날 도움을 받은 이후, 수현에 대해 이것저것 조사를 하였다.

혹시나 도움을 준 것이 자신의 관심을 끌어보기 위한, 계산된 행동은 아닌가 하는 의심 때문이었다.

저스트 비버의 폭력적인 행동은 지금까지 한 번도 그녀가 겪어보지 못한 모습이었기에 당황스러웠고, 또 무서웠다.

그러던 차에 수현이 나타나 위기에서 자신을 구해주었으니, 당연히 신경이 쓰일 수밖에 없었다.

그녀의 담당 정신과 의사는 그것이 흔들다리 효과일 수 있으니 신중하라는 조언을 해주었다.

흔들다리 위에 있는 것처럼 불안한 마음이 고조될 때, 곁에 있던 이성에 대한 감정을 사랑으로 착각하는 경우가 있기 때문이다.

선행으로 이슈가 되기는 했지만 미국 진출을 목전에 두고 있는 수현이 혹시나 자신을 이용해 이목을 더 끌기 위한 작업일 수도 있다는 생각에 더욱 정보를 찾아보았다.

하지만 알면 알수록 수현에 대해 더욱 감탄을 할 수밖에 없었다.

수현이 지금껏 해온 일을 보면 절대로 그런 수작을 부릴 사람이 아니라는 게 더욱 확실해졌다.

더욱이 나쁜 마음을 가지고 있다면 분명 자신에게 먼저 접촉을 하려 했을 텐데, 수현은 전혀 그러지 않았다.

그날 새벽 잠깐 만나 개인적으로 전화번호를 주고받았지만, 그뿐이었다.

어쩌면 그런 이유 때문에 셀레나가 먼저 전화를 하게 되었는지도 모를 일이었다.

나름 외모나 몸매에 자신감을 갖고 셀레나인데, 수현은 전혀 신경 쓰지 않는 듯해 자존심이 상한 탓이다.

결국 수현에게 나쁜 의도가 없다고 판단이 서자, 조심스레 연락을 하고 만남을 요청했다.

더욱이 사방이 밝은 낮 시간도 아닌 저녁 시간에, 그것도 남들이 오해하기 딱 좋은 호텔에서.

만약 이곳에 그녀를 쫓는 파파라치라도 있다면 대박 중에 초대박 사진을 얻겠지만, 다행히도 이 호텔은 타인에 대한 개인 촬영이 금지되어 있었다.

그래서 셀레나는 안심하고 수현을 만나러 올 수 있었다.

Chapter 2

정수현과 셀레나 로페즈

우웅, 우웅.

한창 이야기를 나누고 있는데, 진동 모드로 해놓은 휴대폰이 요란하게 울려 댔다.

"잠시 실례하겠습니다."

전창걸 부장님.

휴대폰 액정을 확인한 수현은 잠시 대화를 멈추고 셀레나 로페즈에게 양해를 구했다.

그러고는 전화를 받기 위해 발코니로 나갔다.

괜히 라운지 안에서 다른 손님들의 시간을 방해하는 것 같아 일부로 자리를 피한 것이다.

"여보세요."

— 너 어디냐?

전화기 너머에서 들리는 전창걸의 목소리가 다급했다.

처음에는 별거 아닌 스캔들 소식에 그 이야기를 들려주려고 수현의 방을 찾았다가 수현의 모습이 보이지 않자 마음이 급해진 것이다.

다른 때 같았으면 수현의 성격이나 그동안 보여준 행실을 감안해 별걱정을 하지 않겠지만, 현재는 해프닝이라 할 수 있는 일이라 하더라도 그와 관련된 스캔들이 터진 상태가 아닌가.

그런데 스캔들의 장본인이 매니저인 자신에게 행선지도 알라지 않고 숙소에서 사라진 것이었다.

당연히 당황하지 않을 수가 없었다. 다급한 마음에 수현과 통화가 되자 살짝 언성이 높아졌다.

"저요? 지금 호텔 라운지에 와 있어요."

전창걸의 말투가 살짝 높아진 것에 무슨 문제가 있나 싶은 생각이 들기는 했지만, 수현은 별 고민 없이 편하게 대답을 했다.

호텔 라운지에 온 것이 무슨 문제가 될까 싶은 것이다.

— 호텔 라운지? 거긴 왜?

수현이 자신들이 머무는 호텔 라운지에 있다는 대답에 전창걸은 조금 황당한 생각이 들었다.

수현이 군이 호텔 라운지에 내려갈 일이 없는 탓이다.

막말로 커피나 차 같은 것을 마시고 싶었다면 그냥 룸서비스를 시키면 되는 일이다.

군이 걸음을 옮겨 호텔 라운지까지 내려가지 않아도 된다는 소리다.

그런데 수현이 호텔 라운지에 있다는 말을 듣자 이상한 예감이 들었다.

— 혼자 있냐?

"아뇨, 셀레나 로페즈하고 함께 있습니다."

— 뭐? 셀레나 로페즈? 셀레나 로페즈하고 왜? 왜 둘이 거기 있는데!

전화기 너머로 당황한 전창걸의 목소리가 여과 없이 들려왔다.

"그날 일에 대해 고맙다는 인사를 하러 왔다고 해서 잠깐 만나고 있습니다."

수현은 자신이 지금 셀레나 로페즈를 만나고 있다는 것을 숨김없이 밝혔다.

너무도 당당한 태도에 전창걸은 한동안 어떤 말도 하지 못했다.

— 잠시 기다려!

띠릭.

한동안 말이 없던 전창걸은 기다리란 말 한마디를 하고는 얼른 전화를 끊었다.

통화가 끊어지자 수현은 잠시 전화기를 들여다보다 옷매무새를 가다듬고 다시 라운지 안으로 들어갔다.

비록 장시간 통화를 한 것은 아니지만, 여성과 대화를 하던 중간에 다른 볼일을 보러 자리를 뜨는 것은 에티켓에 어긋나는 행위였기 때문이다.

아니, 꼭 여성과의 자리뿐만 아니라 다른 누구와 함께 하더라도 그건 예의에 맞지 않았다.

수현은 연예계라는 곳이 겉으로 보기에는 화려할지 몰라도 그 이면에선 온갖 치열한 암투가 펼쳐진다는 것을 잘 알고 있다.

마치 고고한 백조가 수면 밑에서 발버둥을 치듯이.

최유진의 경호원으로 그녀를 따라다니면서 많은 것을 보고 들었기에 연예계에 발을 들일 때부터 수현은 그 어떤 약점도 보이지 않게 거듭 조심하였다.

그러기 위해선 많은 것을 공부해야 했지만, 시스템의 도움으로 어렵지 않게 익힐 수 있었다.

그렇다고 자만하지도 않았다.

언제나 기본을, 예의를 지켰기에 수현은 바른 인품과 기본기 탄탄한 실력으로 금방 이름을 알릴 수 있었다. 또 이례적으로 빠르게 명성을 쌓았다.

톱스타가 된 지금에도 언제나 기본과 예의를 지켰기에 수현을 알고 있는 사람들은 최고라 엄지를 척 내민다.

탁탁.

옷매무새를 가다듬은 수현은 셀레나 로페즈가 기다리는 테이블로 향했다.

*   *   *

한편, 전창걸은 수현과 통화를 마치고 잠시 자리에 서서 고민하였다.

'뭐야? 셀레나 로페즈가 대체 무엇 때문에 찾아온 거지? 아무리 그날의 일이 고맙다고는 하지만, 고작 그런 이유로 이 늦은 시간에 수현이를 찾아올 이유가 없잖아!'

셀레나 로페즈는 그날 파티가 끝난 뒤 바로 고마움을 표했다.

그러한 사정을 알기에 회사에서 박명환 이사가 다급하게 전화를 걸어왔을 때도 태연하게 대답을 할 수 있었다.

그런데 지금, 느닷없이 지금 셀레나 로페즈가 수현을 찾아온 것이다.

스캔들 기사가 터지고, 그와 동시에 당사자들이 호텔에서 개인적으로 회동을 가졌으니 매니저인 전창걸은 순간 자신이 모르는 무슨 일이 벌어지고 있는 것은 아닌가 하는 걱정이 들었다.

그와 동시에 전창걸은 수현이 셀레나 로페즈와 만나고 있는 호텔 라운지로 정신없이 뛰어갔다.

"정말 죄송합니다."

수현은 자리로 돌아와 셀레나 로페즈에게 사과를 하였다.

"아니에요. 중요한 전화 같은데, 괜찮나요?"

셀레나 로페즈는 조심스러운 목소리로 수현에게 물었다.

그런 조심스러워하는 셀레나 로페즈의 모습에 수현은 너무도 사랑스럽고 귀엽다는 생각이 들었다.

'귀엽네!'

두근.

살짝 상기된 셀레나 로페즈의 얼굴은 연분홍빛으로 물들어 있었다.

자신의 성숙함을 뽐내기 위해서인지, 핑크 레드로 붉게 칠한 입술은 귀여운 외모와는 상반되는 이미지를 보여주며 그녀의 매력을 더욱 북돋웠다.

어떻게 보면 셀레나 로페즈는 전혀 의도하지 않았는데도 수현의 여성 취향을 제대로 저격하고 있었다.

예전부터 수현은 의식하지 않은 반전 매력의 여성에게 끌렸다.

첫 번째 공식적인 연인이던 안선혜가 바로 그런 사람이었고, 또 처음으로 좋아한 연예인인 최유진이 그러하였다.

연인이라고 하기에는 좀 그렇고, 또 여자 친구라 부르기도 모호한 관계인 마리아 료코 또한 그런 매력을 가진 사람이다.

자세히 들여다보면 모두 각자만의 매력이 있지만, 그녀들의 공통점은 겉모습으로 보이는 이미지와는 반대되는 매력을 가지고 있다는 점이었다.

청순하고 순종적인 면모의 안선혜는 때로는 고집스럽고 관능적인 요부와 같은 모습을 보일 때가 있었다.

그래서인지 수현과 헤어지고 얼마 지나지 않아 아이돌로 데뷔를 하고 스타가 되었다.

수현과 열 살 이상 차이 나는 최유진은 이미지 그대로, 그녀의 별명과 같이 철의 여왕처럼 모든 면에서 수현을 리드했다.

그와 동시에 사소한 부분에서 그녀는 마치 남편을 내조하는 아내처럼 수현의 성공을 위해 열심히 뒷바라지했다.

그렇게 도도하면서도 내조에 집중하는 그녀의 모습에 수현은 빠져들었다.

처음 책임감과 사랑 사이에서 혼란스러워했지만, 나중에 그녀의 재혼으로 인해 그녀에 대한 감정이 사랑이었다는 걸 깨달았다.

'조금만 더 일찍 깨달았다면 그녀의 옆에 자신이 있지 않았을까?' 라는 생각을 해보았지만, 이미 늦은 뒤였다.

수현이 그런 감정을 늦게 깨닫게 된 데에는 두 사람 간의 나이 차이도 한몫했다.

열 살이 넘는 나이 차이, 그것도 여자의 나이가 많다는 것이 치명적이었다.

한국이 아닌 서양이었다면 별문제가 되지 않았을 테지만, 둘 모두 유교적 사고방식을 가진 한국인이었다.

나이 차이를 떠나서 수현이 일찍 자신의 감정을 알아차렸다고 해도 연인 관계로 발전하기에는 사실상 어려움이 많았다.

중간에 마리아 료코라는 제3의 여성이 있다는 것도 문제였다.

마리아 료코 또한 수현보다 연상이기는 하지만, 최유진에 비하면 그리 많은 차이도 아니었다.

겨우 두 살 차이이기에 수현을 배려하는 부분이나 챙기는 부분은 오히려 최유진보다 더 연인에 가까운 모습이었다.

그러니 수현이 최유진을 향한 마음을 깨닫는 데 큰 방해가 되었다.

그렇게 최유진과의 이별 후 얻은 고통과 깨달음은 수현이한 단계 진화하는 데 큰 밑거름이 되었다.

그러면서 마리아 료코에 대한 자신의 감정도 완벽하게 파악할 수 있었다.

그녀에겐 미안한 일이지만, 둘이 인연으로 발전할 수 없음을 깨달았다.

좋은 친구까지는 가능하지만, 그 이상은 아니라는 생각에 서였다.

어떻게 보면 진짜 나쁜 남자가 아닐 수 없다.

수현은 직접적으로 이야기를 하는 것은 그녀에 대한 배려가 아니라 생각하여 은연중 자신의 생각을 마라아 료코에게 표현하였다.

눈치가 빠른 마리아 료코도 그런 수현의 배려를 알고는 어느 순간부터 연락이 잘 오지 않았다.

물론 영화가 마무리 단계에 들어가 바쁜 일정도 한몫했지만.

여하튼 그렇게 썸에서 그 이상 단계로 발전하지 못하고 점점 식어가는 와중에 또 다른 매력을 가진 셀레나 로페즈가 나타난 것이다.

더욱이 이제는 수현의 정신을 매료시키는 다른 여성이 있는 상태도 아니다.

처음부터 상대에 대한 약간의 호감을 가진 상태에서 다시 재회를 하게 되고, 또 새롭게 그녀의 매력을 찾아내게 되자 수현은 셀레나에 대한 관심이 더욱 커졌다.

하지만 이미 두 번의 가슴 아픈 상처가 있기에 먼저 말을 꺼내기가 어려웠다.

더군다나 상대는 세계적인 명성을 가지고 있는 인기 스타가 아닌가.

비록 자신도 아시아에서는 알아주는 스타이고, 작년 가을의 일로 인해 미국에서 약간의 명성을 얻었다고는 하지만, 셀레나에 비해 인지도가 떨어지는 것은 사실이다.

이런 부분에서 수현은 살짝 자존심이 상하기는 했지만, 그렇다고 기가 죽은 것은 아니었다.

오히려 살짝 투쟁심이 생기는 중이었다.

뚜벅뚜벅.

작은 발자국 소리가 들리더니, 누군가 자신들의 테이블 옆에 다가오는 것이 느껴졌다.

수현은 인기척이 느껴진 곳을 돌아보았다.

"어, 왔어요?"

그가 돌아본 곳에는 총괄 매니저인 전창걸이 서 있었다.

"안녕하세요. 잠시 실례하겠습니다."

전창걸은 수현의 맞은편에 앉아 있는 셀레나 로페즈를 향해 고개를 숙이며 양해를 구했다.

"네, 그러세요."

한창 수현과 즐겁게 이야기를 나누다 전창걸의 등장과 함께 방해를 받게 되었지만, 그녀는 전창걸의 입장을 충분히 이해했다.

게다가 현재 호감을 느낀 남자의 매니저이니 좋은 인상을 심어주는 것도 중요했다.

하지만 이어진 전창걸의 말에 셀레나는 살짝 긴장을 할 수밖에 없었다.

"셀레나 로페즈 양."

"네?"

"실례되는 질문인 것을 알지만, 워낙 중요한 사안이라 결례를 무릅쓰고 물어보겠습니다."

전창걸은 굳은 표정으로 셀레나 로페즈를 바라봤다.

그런 전창걸의 굳은 표정에 수현도 덩달아 긴장했다.

이윽고 전창걸의 입이 열렸다.

그런데 그의 입에서 나온 말은 너무도 뜻밖의 내용이었다.

"혹시 오늘 나온 뉴욕 타임 기사를 보셨습니까?"

수현과 셀레나 로페즈가 새벽 시간에 호텔에서 함께 나서는 사진이었다.

전창걸이야 그 사진의 출처를 잘 알고 있지만, 그런 것을 생략하고 질문을 한 것이다.

"네, 봤어요."

셀레나 로페즈는 전창걸의 질문에 담담하게 대답을 하였다.

그녀도 그 사진이 어떻게 찍힌 것인지 알지는 못했지만,

아무런 거리낌도 없기에 당당할 수 있었다.

흔히 파파라치가 몰래 숨어 자신을 찍은 것이리라.

그리고 우연히 파티가 끝나고 함께 나온 수현도 등장하게 된 것이기에 셀레나는 별로 신경을 쓰지 않았다.

이미 그녀의 에이전시가 반박 기사를 냈고, 팬 사이트에도 그날의 일에 대해 자세한 사정을 올렸기에 별로 문제될 것이 없었다.

"알겠습니다."

셀레나의 답변을 들은 전창걸은 담담히 말을 꺼냈다.

하지만 아직 무슨 일이 벌어지고 있는지 전혀 알지 못하는 수현은 답답한 마음에 물어보지 않을 수가 없었다.

"부장님, 대체 무슨 일인데 그래요? 무슨 일 났어요?"

아직 아무것도 모르는 수현의 질문에 셀레나는 눈을 동그랗게 뜨며 쳐다보았다.

"아직 기사 못 보셨어요?"

"기사요?"

"네. 수현 씨하고 저… 스캔들 기사 났어요."

"네? 스캔들이요?"

수현은 깜짝 놀랐다. 스캔들 때문에 고생한 것을 생각하면 지금도 이가 갈리는데, 또 무슨 일로 스캔들이 터졌는지 알 수 없었기 때문이다.

그런데 희한한 것은 함께 스캔들이 터졌다는 말에도 셀레나 로페즈가 너무도 담담한 모습을 보인다는 것이었다.

보통 스캔들 기사가 나면 남자보다 여자 쪽에 더 큰 피해가 간다.

그런데 지금 셀레나는 마치 자신의 일이 아닌 듯 담담하게 말하는 것이, 너무도 생뚱맞아 보였다.

"스캔들이라는데 걱정되지 않아요?"

수현은 너무도 이상한 느낌에 물었다.

"뭐 어때요. 수현 씨나 저나 그 기사가 사실이 아니란 것을 알고 있잖아요?"

셀레나 로페즈는 당당하게 이야기를 꺼냈다.

"…그렇긴 하죠."

뭔가 그녀의 박력 넘치는 당당함에 수현은 매우 복잡한 심경이 되었다.

"근데… 기왕 기사도 났겠다, 이참에 우리 진짜로 한 번 만나보는 게 어때요?"

그에 더해 셀레나 로페즈는 장난을 치듯 살짝 자신의 마음을 담아 수현에게 물었다.

"저 정도면 매력 있지 않아요?"

그러면서 테이블 아래로 손을 모으고 상체를 살짝 수현에게로 내밀었다.

그러자 한국 여성과는 비교가 되지 않을 정도로 풍만한 가슴이 도드라지며 수현의 시야를 가득 채웠다.

수현은 당황하다 못해 눈이 살짝 커졌다.

그러면서도 시선은 셀레나의 가슴에서 떨어지지 못했다.

남자라면 어쩔 수 없는, 그야말로 본능적인 행동이었다.

그리고 그건 수현의 옆에 있던 유부남 전창걸도 예외는 아니었다.

만약 전창걸의 부인이 이 자리에 있었다면, 사나운 등짝 스매싱이 작렬했을 것이다.

"저 어때요?"

한편, 자신의 의도가 통했다는 것을 알아차린 셀레나는 다시 한 번 은근한 목소리로 수현에게 물었다.

"으음……."

"제가 매력이 없나요?"

수현이 아무 대답도 하지 못하고 우물쭈물대자 셀레나는 기세를 몰아 다시 한 번 물었다.

"아, 아니요. 당신은 상당한 매력을 가지고 있습니다."

수현은 뭔가에 홀린 것마냥 입을 열었다.

"호호, 고마워요. 그래서 말인데요……."

셀레나는 살짝 웃어 보이며 은근하게 상체를 더욱 앞으로 내밀었다.

그와 동시에 대답을 듣고야 말겠다는 듯이 집요하게 추궁했다.

'뭐지? 지금 여기서 무슨 일이 벌어지고 있는 것이지?'

한편, 그 모습에 전창걸은 정신을 차릴 수가 없었다.

별것 아닌 스캔들 기사에 대한 이야기를 하려고 수현을 찾았다가, 수현이 함께 스캔들이 터진 장본인을 만나고 있다는 이야기를 듣고는 앞뒤 생각하지 않고 현장으로 달려왔다.

그런 후에 상대에게 스캔들 기사가 난 것을 보았는지 물어보기도 했다.

다행히 셀레나는 별일 아니라는 듯 웃어넘기는 듯했는데…….

그런데 지금 돌아가는 상황을 보니 뭔가가 이상했다.

별거 아닐 것이라 생각한 것과는 아주 거리가 멀었다.

세계적인 스타 셀레나 로페즈가 지금 자신의 눈앞에서 수현을 유혹하고 있는 것이 아닌가.

그런데 자신이 보기에 수현도 딱히 싫어하는 기색이 아니었다.

셀레나 로페즈도 장난처럼 이야기를 하고는 있지만, 전창걸의 촉은 그게 전부가 아님을 경고하고 있었다.

그저 단순한 호기심이 아닌, 정말로 수현에게 빠져 있어 그 감정을 숨기기 위해 일부러 연기를 하는 것 같다는 느낌이 강하게 전해졌다.

그 때문에 혼란이 온 것이다.

현재 인지도만 따져 봤을 때, 수현보단 셀레나 로페즈가 더 아깝다는 게 사실이다.

그럼에도 셀레나가 더 적극적으로 나서고 있는 것이다.

아무리 자신이 수현을 담당하는 총괄 매니저라고는 하지만, 셀레나 로페즈는 세계적인 스타이지 않은가.

더욱이 셀레나 로페즈는 누구나 인정할 만큼의 미모를 지닌 스타였다.

그러니 전창걸의 생각은 당연했다.

게다가 그녀의 남자 친구인 저스트 비버는 어떤가.

외모 면에서는 수현보다 좀 떨어지기는 해도 그 역시 엄청난 대스타였다.

비록 대판 싸우고 결별을 했다고는 하나, 수현에게 이렇게 적극적으로 대시하는 것이 전창걸로서는 언뜻 이해가 가지 않았다.

그렇지만 셀레나 로페즈가 수현을 대하는 모습을 지켜보면서 전창걸은 느껴지는 바가 있었다.

그녀가 그저 단순한 호기심에 이끌려 수현을 바라보는 게 아니라는 점.

분명 처음 시작은 도움을 준 것에 대한 호감이었을 것이다.

그 후, 수현에 대해 알아보면서 관심이 생겼을 테고, 점점 그 감정이 커져 수현을 찾게 된 것이리라.

자신의 생각을 정리한 전창걸이 다시 조심스럽게 입을 열었다.

"잠시 실례되는 말을 좀 하겠습니다."

전창걸은 진지한 표정으로 이야기를 시작했다.

그건 수현이 한국에서 활동을 하지 않는 이유에 관한 내용이었다.

재작년 스캔들이 터지면서 그에 연루된 여자 연예인의 우울증이 심화되어 연예계를 은퇴한 일, 또 그 일이 어떻게 진행되었고, 어떤 결말을 맺게 되었는지도 들려주었다.

"어쩜, 그런 일이 있었군요."

셀레나 로페즈는 이야기를 듣고 깜짝 놀랐다.

연예인들의 가십은 미국에서는 흔한 일이다.

그것이 진실인 경우도 있고, 때로는 조작되기도 한다.

그리고 수현이 겪은 것처럼 누군가에 의해 악의적으로 기획되기도 했다.

물론 그렇다고 해서 수현이 겪은 것처럼 심한 경우는 극히 드물지만.

그 와중에 일부 팬들 간의 작은 다툼이 벌어지기도 하지만, 그뿐이었다.

연예인도 사람이니 누구와도 연애할 수 있다는 생각을 갖고 있기에 그리 크게 상관을 하지 않는다.

다만, 자신이 싫어하는 연예인과 만난다면 실망을 하여 떠나기도 하고, 아니면 팬레터로 그 사람을 만나지 말고 다른 사람을 만나라고 귀여운 투정 섞인 항의를 하는 정도다.

물론, 일부 과몰입한 정신병자들이 사건 사고를 일으키기도 하기는 하지만…… 어차피 이곳은 미국이지 않은가. 사건이 있어도 싱겁게 마무리되곤 했다.

하지만 셀레나는 전창걸의 이야기를 들으면서 한국인들은 정말로 불꽃과도 같다는 생각이 문득 들었다.

실제로 셀레나 본인에게도 한국인 팬들이 있는데, 그들은 다른 나라의 팬들과는 좀 달랐다.

그들이 보내는 팬레터만 읽어봐도 알 수 있었다.

또 그들이 보내는 선물도 미국이나 영국 등 다른 국가, 아니, 같은 아시아에 있는 중국이나 일본의 팬들과도 달랐다.

지금까지 한국의 팬들이 보내주는 팬레터와 선물들을 받으며 그들이 무슨 생각으로 보내는지 잘 몰랐지만, 전창걸의 이야기를 듣고는 어느 정도 이해가 갔다.

한국인들에게 자신이 좋아하는 스타는 말 그대로 우상이었다.

종교 지도자 내지는 자신이 믿는 신과 비슷한 위치에 있는 것이다.

그들이 보내는 팬레터는 봉헌의 시였고, 그들이 보내는 선물은 신에게 바치는 공양인 것이었다.

그러니 그런 열정과 선물을 할 수 있는 것이란 생각이 들었다.

그런 생각과 함께 앞으로는 조금 더 행동을 조심해야겠다고 다짐했다.

솔직히 좀 무섭기도 했으니.

"네, 알겠어요. 저도 가볍게 생각하고 여기 온 것은 아니지만, 앞으로는 더욱 조심하겠습니다."

셀레나는 살짝 미소를 지어 보였다.

조금 전, 사실 수현을 유혹하는 듯한 행동을 취한 것은 자신이 진심이란 것을 대놓고 표현한 것이나 다름없었다.

하지만 전창걸의 이야기를 듣고 보니, 자신의 행동이 수현에게는 불리한 상황이 될 수도 있겠다는 생각이 들었다.

셀레나의 직접적인 호감 표시에 수현의 표정은 조금 전보다 더 밝아졌다.

자신이 호감을 느끼는 여성에게서 좋은 평가를 들었는데 기쁘지 않을 사내가 어디 있겠는가.

자연스레 풀어진 수현의 표정을 보며, 전창걸은 속으로 한숨을 삼켰다.

그와 동시에 잠시 시선을 위로 올렸다.

조금 전까지만 해도 박명환 이사에게 셀레나 로페즈와 수현은 아무런 사이도 아니며, 그저 단순히 도움을 준 것에 대한 감사 인사만 하고 헤어졌다고 보고했다.

그런데 통화를 마친 지 한 시간도 지나지 않아 셀레나 로페즈와 수현이 같은 호텔에서 만나고 있는 것이 아닌가.

뿐만 아니라 두 사람의 분위기를 보니 자신이 생각하는 것 이상으로 서로에게 호감을 가진 듯했다.

이야기를 나누면서 느낀 것은 두 사람 간의 관계가 더 발전할 여지가 있어 보인다는 점이었다.

당연히 회사에 이런 상황을 보고해야 하는 입장에서는 난감할 수밖에 없었다.

앞서의 말을 번복한다는 것이 어떻게 보면 자신이 무능하다고 말을 하는 것이나 다름없기 때문이다.

"그런데 부장님, 스캔들이라니… 대체 뭐 때문에 기사가 난 거예요?"

조용히 기회를 엿보고 있던 수현이 이제 자신이 끼어들어도 되겠다는 생각에 물음을 던졌다.

대충 무슨 일이 벌어졌는지 전창걸과 셀레나의 대화를 통해 어느 정도 유추할 수는 있었지만, 직접적으로 듣는 것이 확실할 듯했다.

"응, 그게… 조금 전에 이야기를 한 것처럼 그래미 시상식 연회가 끝나고 호텔 앞에서 찍힌 너와 셀레나 양의 사진이 뉴욕 타임에 게재되었는데, 그것이 한국에 전해지면서 스캔들 기사가 났다."

"아……."

수현은 짧게 탄성을 터트렸다.

하지만 그뿐이었다. 이제 수현에게 스캔들 기사는 그리 관심의 대상이 아니었다.

예전이라면 그래도 자신과 관련된 사람들이 혹시나 피해를 입을까 걱정했을 것이다.

그러나 작년에 우연히 깨달음을 얻은 뒤로는 다른 사람들의 말과 의도에 휘둘리지 않을 정도로 정신이 강해졌다.

수현은 빙그레 미소를 지으며 농담을 하였다.

"어휴, 난 또. 겨우 그런 거였어요? 1년 넘게 한국에서 활동을 하지 않았는데도 내 인기는 아직 죽지 않았네요."

"야, 넌 이게 웃음이 나오냐?"

수현이 넉살 좋게 농담을 던지자 전창걸은 기가 막혔다.

하지만 그러면서도 수현이 예전보다 더 성숙해졌다는 것을 다시 한 번 깨달았다.

재작년에 처음 스캔들이 터졌을 때, 수현은 온갖 험담을 쏟아내는 언론과 안티 팬들에게 맞서 강경하게 싸웠다.

그 일로 팬들도 많이 떨어져 나갔다.

물론 이후 로열 가드와 수현이 본격적으로 활동을 하면서 외국인 팬들은 그 이상으로 늘었다.

사실 그런 까닭에 회사에서도 걱정을 많이 했다.

어찌 되었든 킹덤 엔터나 로열 가드 입장에서 기반이 되는 곳은 한국이었으니 말이다.

한국의 기반이 사라지면 아무리 해외에서 인기를 얻는다

해도 그것은 사상누각에 불과할 뿐이다.

실제로 한국 아이돌 그룹 중에서 그런 사례가 더러 있었다.

당시 한국에서 정점을 찍은 여성 아이돌 그룹이 돌연 미국 진출을 선언하면서 미국으로 떠났다.

한국에서야 최고 정점에 있었지만, 미국에서는 밑바닥부터 다시 인지도를 쌓아야만 했다.

그 와중에 다른 유명 가수들의 콘서트나 투어에 참가하기도 했는데, 대우가 정말 말도 아니었다.

정식 게스트도 아니고, 콘서트 시작 전에 흥을 돋우기 위한 역할이었다.

미국인들에게 있어 그들은 그저 아시아에서 온 낯선 이방인일 뿐이었다.

보통 무대에 오르면 두 곡 정도 부르는데, 그들은 인지도가 없다 보니 한 곡만 겨우 부를 때도 있었다.

그렇게 힘겨운 생활을 이어가다 보니 그룹 내에서 갈등도 생기고, 자신감도 떨어졌다.

엎친 데 덮친다고, 그 와중에 깊은 향수병까지 걸렸다.

한국에서는 길거리 어디를 지나가더라도 그들을 알아본 팬들이 달려들었다.

무대 위에서 보이는 작은 손짓에도 팬들은 환호를 보냈다.

하지만 이곳 미국에서는 무명 시절에도 받아보지 못한 냉대와 무관심 일변도였다.

한국을 떠날 때까지만 해도 자신들이 이렇게 무시당할 것이라곤 상상도 못했는데, 이상과 현실은 너무도 달랐다.

미국 진출 전만 해도 해외에서 자신들의 팬이라면서 안무를 따라 하는 동영상이나 노래 영상이 많이 올라오곤 했다.

그래서 자신감을 가지고 미국 진출을 시도한 것인데, 그것은 그들의 큰 착각이었다는 것이 판명 났다.

그런데 이들과 소속사의 실수는 그것으로 끝이 아니었다.

그들은 기반이 되는 한국을 외면하고 미국 진출에만 올인을 했다.

때문에 한국에서 그들에게 가려져 있던 그룹들이 비어버린 정상을 차지하게 되었고, 뒤늦게 실책을 깨달은 아이돌 그룹이 다시 한국으로 부랴부랴 돌아왔지만…… 이미 그들을 기억하는 팬들은 얼마 없었다.

이미 새로이 정상에 올라선 아이돌 그룹으로 갈아탄 지 오래였던 것이다.

아무리 열렬한 팬이지만, 그들은 가족이 아니다.

떠난 스타를 하염없이 기다려 주지 않는다.

자신들이 숭배하던 우상이 사라지면, 팬들은 또 다른 우상을 찾아간다.

킹덤 엔터의 관계자들은 로열 가드와 수현에 있어서도 그런 점을 걱정했다.

혹시나 그런 일을 자신들도 겪는 것은 아닌가 하는 걱정이었다.

하지만 그것은 기우에 지나지 않았다.

비록 국내 활동은 하지 않지만, 로열 가드의 멤버들은 인터넷이나 소셜 커뮤니티를 통해 수시로 팬들과 소통을 했던 것이다.

로열 가드를 응원하는 공식 카페와 멤버들 개인 팬 사이트를 통해 소식을 전하고, 또 종종 팬들과 소통을 하다 보니, 비록 한국에서의 활동은 하지 않더라도 팬들은 로열 가드를 잊지 않았다.

그 와중에 로열 가드는 리더인 수현 없이도 1년여 만에 컴백하여 성공을 거두었다.

연말 시상식에서 수상도 했다.

다만, 아쉬운 것은 로열 가드의 리더인 수현이 함께 무대에 오르지 않았다는 것뿐.

이것 역시 수현의 고집 때문이었다.

작년 로열 가드의 컴백이 성공한 것은 전적으로 동생들이 그만큼 노력한 결과물이라 생각했다.

그러니 활동도 하지 않은 자신이 그저 리더랍시고 과실만 따는 행동은 같은 멤버들인 동생들의 노고를 무시하는 처사이며, 또 팬들을 기만하는 행동이라 주장하였다.

수현이 그렇게까지 말을 하니 킹덤 엔터 관계자들이나 로열 가드의 팬들도 수긍할 수밖에 없었다.

오랜만에 자신들의 기사단장이 무대에 오르길 기대한 것이 수포로 돌아가기는 했지만, 역시나 기사단장이라며 팬들은 수현의 주장을 순순히 받아들여 주었다.

로열 가드의 총괄 매니저인 전창걸은 그 과정을 옆에서 모두 지켜보았다.

수현은 처음 연예인이 되기도 전부터 기대가 되는 사람이었다.

경호원으로 지낼 때는 자신이 맡은 임무에서 완벽한 모습을 보여주었다.

톱스타 최유진이 외부의 압력으로부터 위협을 받고 있을 때, 위기를 타파하고 그녀를 노리는 범인까지 잡아냈다.

또 화보 촬영 때는 상대 모델이 사고를 당하는 바람에 자칫 촬영이 중단될 뻔했지만, 수현이 대역을 하면서 무사히 마칠 수 있었다.

그것이 인연이 되어 수현은 경호원이 아닌 연예계로 발을 들이게 되었는데, 그 뒤로도 신인이라고는 믿기지 않을 정도로 모든 분야에서 뛰어난 면모를 보여주며 일약 스타가 되었다.

로열 가드가 최유진의 후광으로 빠르게 스타의 자리에 오르긴 했지만, 사실 그런 요소가 없었더라도 지금의 위치까지 올랐으리란 것이 총괄 매니저를 맡으면서 수현과 로열 가드를 지켜봐 온 전창걸의 판단이다.

그러니 수현이 더 이상 구설수에 오르는 것을 두고 볼 수는 없었다.

하지만 지금 앞에 있는 셀레나 로페즈는 자신의 인기를 생각하지 않고 진실 된 모습으로 수현을 대하고 있었다.

그 마음이 진심임을 깨닫게 되자, 전창걸은 더 이상 관여하지 않기로 결정을 내렸다.

Chapter 3
데이트

"저희가 파악한 바에 따르면, 문제의 사진은 정수현 씨가 그래미 시상식에 참석한 뒤, 후원 파티 후에 파티 장소였던 호텔을 나오는 장면이 찍힌 것으로, 아주 우연히 당시 비슷한 시간에 나온 셀레나 로페즈 양과 겹친 것이라 합니다."

킹덤 엔터의 홍보부장인 박명환 이사는 사옥 로비에서 기자들을 모아 놓고 기자회견을 열었다.

그도 그럴 것이, 일일이 전화 응대로 입장을 밝히기에는 너무 많은 문의가 쏟아져 들어왔기 때문이다.

기자들은 물론이고, 팬들까지 난리가 났다.

그동안 아무런 소식도 없던 수현의 연말 시상식에 잠깐

얼굴을 비추고 다시 중국과 미국으로 떠나 버렸다.

그러니 수현의 근황에 대해 목말라 하던 차에 느닷없이 새해가 밝자마자 스캔들이 터졌으니 당연한 일이기도 했다.

최정상의 자리에 있던 수현이 조작된 스캔들로 인해 국내 활동을 전면 중단한 사실은 팬들의 기억에 아직도 또렷하게 남아 있었다.

그런데 다시 한 번 스캔들 기사가 터지자 반응이 조심스러울 수밖에 없었다.

물론, 이전 사진처럼 혹시 조작된 것은 아닐까 하는 생각도 들기는 했지만, 사진과 기사의 출처가 한국의 찌라시 언론이 아니라 세계적으로 알아주는 뉴욕 타임이라는 사실이 판단하는 것을 주저하게 만들었다.

그렇다고 스캔들이 진실인지 아니면 과장 보도인 것인지 호기심을 견디지 못한 팬들이 킹덤 엔터로 문의를 하기 시작한 것이다.

그러니 킹덤 엔터도 팬들의 요구를 마냥 밀어낼 수는 없었다.

그래서 현장에 수현과 함께 있던 전창걸 부장에게 연락을 하여 전말을 들었다.

박명환 이사는 전창걸의 말을 근거로 지금 기자회견을 하는 중이었다.

"그렇다면 이사님 말씀은 수현 씨와 셀레나 로페즈 간에 아무런 연관이 없다는 말씀이십니까?"

"그렇습니다. 여기 정수현 씨의 스케줄을 살펴보시면 여러분이 상상하시는 것 같은 일이 벌어질 수 없다는 것을 잘 알 수 있을 것입니다."

일일이 변명을 하는 것보다 정확한 근거를 들이미는 것이 더 효과적이란 대응이라는 걸 잘 알고 있는 박명환은 수현이 국내 활동을 하지 않은 1년 동안의 스케줄을 프린트하여 기자들에게 보여주었다.

거기에는 수현이 해외 활동에 전념하면서 가진 스케줄들이 월별, 그리고 일자별로 자세히 나와 있었다.

너무도 당당한 킹덤 엔터의 대응에 기자들은 뉴욕 타임이 오보를 냈다는 쪽으로 가닥을 잡았다.

대형 언론사도 오보를 할 수는 있다.

하지만 그 파장은 일반 언론사 이상으로 클 수밖에 없다.

실제로 이번에 킹덤 엔터는 오보의 책임을 묻기 위해 보도 정정 신청은 물론이고, 그에 따른 손해배상을 청구할 준비까지 하고 있었다.

뉴욕 타임에서 수현과 셀레나 로페즈를 찍은 사진을 바탕으로 무언가 의도가 담긴 보도를 했기 때문이다.

수현은 단지 폭력 사태를 말린 것뿐인데, 셀레나 로페즈와 저스트 비버의 결별 원인을 마치 수현인 것마냥 몰아간 것이다.

그로 인해 수현이 소속된 킹덤 엔터 역시 업무 마비에 이를 정도로 대처에 나서야만 했다.

그리고 이런 난리를 겪은 것은 비단 킹덤 엔터뿐만이 아니었다.

셀레나 로페즈의 소속사 또한 뉴욕 타임의 기사로 홍역을 치렀는데, 그들은 조금 다른 시각으로 사건을 바라보고 있었다.

단순한 오보가 아닌, 저스트 비버의 소속사에서 폭행 미수 사태를 무마하기 위해 선수를 친 것이라 여긴 것이다.

그러니 그 시각에 호텔을 나오는 셀레나 로페즈와 정수현을 함께 카메라에 담을 수 있었으리라.

사실 이들의 추측은 정확했다.

저스트 비버가 파티장에서 사고를 치자 문제가 될 것임을 직감한 매니저 로버트 하트가 회사로 돌아가 바로 보고를 하였다.

개인 파티도 아니고, 연예계에서 영향력 있는 거물들이 대거 참석한 파티에서 벌어진 일이었다.

그나마 다행스럽게도 사고가 발생한 시각이 파티가 끝나갈 무렵이라 거물들이 모두 자리를 비운 후라는 점이었다.

그래서 저스트 비버의 소속사에서는 먼저 선수를 치기로 했다.

저스트 비버가 문제의 발단이 아니라 셀레나 로페즈가 다른 남자와 바람을 핀 탓에 격분한 저스트가 문제를 일으켰다는 식으로 사건을 조작한 것이다.

그러기 위해선 증거가 필요했는데, 그 일도 그리 어렵지는 않았다.

유명 연예인에게는 늘상 따라붙는 파파라치들이 있기 마련이다.

매니지먼트 회사를 운영하는 측에서는 당연히 그런 파파라치들을 인식하고 있으며, 어느 정도는 은밀하게 관계를 맺고 있다.

서로 필요에 의해 도움을 주고받는 경우가 발생하기 때문이다.

이번 역시 마찬가지였다.

비록 늦은 새벽 시간이지만, 연회장 밖에서 호시탐탐 기회를 노리는 파파라치들이 있을 것은 분명했다.

그런 생각으로 저스트 비버의 소속사에서는 친분 있는 파파라치들에게 전화를 돌렸고, 얼마 지나지 않아 조건에 부합되는 이를 찾을 수 있었다.

사실 셀레나 로페즈와 수현이 함께 찍힌 사진은 그냥 우연히 같은 앵글에 들어갔을 뿐인데, 거기에 살을 붙여 둘을 엮은 것이다.

그런 후에 영향력 있는 뉴욕 타임에 투고를 한 것이다.

이것이 바로 사건의 전말이었다.

이런 조작 스캔들이 자주 벌어지다 보니 셀레나 로페즈의 소속사에서는 차분히 증거를 모아 소송을 준비 중에 있었고, 킹덤 엔터도 함께 보조를 맞추기로 했다.

*　　　*　　　*

다음 날, 셀레나 로페즈는 다시 수현을 찾아왔다.

한데 전날의 밝은 모습이 아니라 무언가 잔뜩 화가 난 듯 격양된 표정이었다.

"진정해. 화를 낼수록 노화가 빨리 찾아온다는 말도 있잖아."

수현은 너무도 흥분해 있는 셀레나를 진정시키기 위해 농담을 건넸다.

하지만 그 농담이란 것이 별로 적절하다고 보기는 어려웠다.

사실 여성이 듣기에 무척이나 민감한 내용이라 셀레나 로페즈는 순간적으로 어떻게 반응해야 할지 감을 잡지 못했다.

어찌 보면 놀리는 것 같지만, 수현의 성격으로 보아 걱정하는 말이기도 했기 때문이다.

그래도 확실하게 의사 표현은 해야 했다.

"아니, 그게 지금 상황에서 할 말이야?"

어제의 만남 이후, 두 사람은 급속도로 사이가 가까워져 서로 편하게 말을 놓기로 했다.

"당연하지. 무엇 때문이지는 모르지만, 그렇게 인상 쓰고 있으면 예쁜 얼굴 망가져."

셀레나 로페즈가 황당하다는 투로 투정을 부리자, 수현은 빙그레 미소 지으며 화답을 하였다.

그 모습에 더는 화를 내기가 애매해진 셀레나 로페즈도 결국 마음을 가라앉혔다.

매니저에게 처음 사진 유출의 전말을 듣고 난 뒤엔 정말 화를 참을 수가 없었다.

아무리 서로 안 좋게 결별을 하게 되었다지만, 저스트 비버와 그의 소속사가 자신들의 잘못을 감추려고 비열하게 나오자 정말 어이가 없었다.

자신은 둘째 치고, 애꿎은 수현에게까지 피해가 갔기 때문이다.

하지만 정작 피해 당사자인 수현이 저렇게 속 좋게 웃고 있으니, 무슨 말이 더 필요하겠는가.

그런 점에서 볼 때, 저스트 비버도 막판에 좋은 일을 하나 하기는 했다.

어찌 보면 그로 인해 수현과 인연을 맺게 되었으니까.

"그래, 무슨 일로 그렇게 화를 내며 온 거야?"

수현 역시 셀레나 로페즈가 화를 내며 찾아온 이유를 모르지는 않았다.

아무리 자신이 여자에 대해 잘 알지 못한다 해도 그 정도 눈치는 있으니까.

하지만 혹시 자신이 모르는 뭔가가 있을지 모르기에 차분하게 물어본 것이다.

"그게 말이야……."

셀레나는 어렵사리 입을 열었다.

역시 수현의 예상과 그리 다르지 않았다.

셀레나와 비버처럼 인지도 높은 스타들에게는 늘 파파라치가 따라붙기 마련이고, 그에 따라 온갖 루머들이 생겨나곤 했다.

새해 첫날, 파티장에서 소란을 피운 저스트 비버의 행동이나, 그로 인한 소동 등은 분명 그런 파파라치들에게 군침 넘치는 먹잇감이었을 것이다.

때마침 수현과 셀레나가 한 컷에 담긴 것은 당연히 많은 추측을 불러일으키는 촉발제가 되었을 것이다.

거기까지는 수현도 충분히 짐작할 수 있는 사실이었다.

하지만 그게 사실은 저스트 비버 측에서 자신들의 잘못을 감추기 위해 일부러 진실을 꼬아 퍼트린 일이라는 것은 의외였다.

그런 정황은 사실 스캔들 조작을 모의한 이들만 알 수 있는 내용이었다.

저스트와 그의 매니저는 폭행 사건 후에 뒤늦게 사태의 심각성을 깨닫고 수습 마련에 부심했다.

그 와중에 저스트 비버가 자신을 방해한 수현에게 악심을 품었고, 미국에서 명성을 쌓아가고 있는 수현의 이미지를 어떻게 해서든 망치기 위해 타깃으로 삼아 소속사에 제안한 것이다.

소속사에서는 그 제안을 냉큼 수락했다.

어찌 되었든 소속 스타가 문제를 일으켰으니, 누군가를 희생시켜서라도 이슈를 다른 방향으로 돌려야만 했다.

이런 행태는 연예계에서 흔히 일어나는 일이기에 죄책감 같은 감정은 전혀 들지 않았다.

오히려 빈틈을 만든 연예인이 잘못이란 개념이 당연하게 받아들여지는 것이 미국의 연예 매니지먼트 회사들의 인식이었다.

이는 비단 저스트 비버의 소속사뿐만 아니라 셀레나 로페즈의 소속사 역시 마찬가지였다.

이런 사실을 잘 아는 셀레나였기에 저스트 비버나 그의 소속사에 찾아가지 못하고 수현을 찾아와 답답한 심정을 토로하는 것이었다.

셀레나의 한탄을 묵묵히 들어준 수현은 한국이나 미국이나 사람 사는 곳은 모두 비슷하다고 생각을 하였다.

그저 그 규모가 다를 뿐이지, 하는 짓거리는 똑같았다.

그러면서 은근히 재작년 자신이 겪은 일들이 다시금 머릿속에 오버랩되었다.

깨달음을 얻고 많이 희석되기는 했지만, 그때 일을 떠올리자 금방 어제 일처럼 또렷하게 되살아났다.

그와 동시에 수현의 눈 깊은 곳에서 빛이 반짝였다.

그것은 평소 수현에게서는 전혀 찾아볼 수 없을 정도로 차갑고 매서웠다.

"그렇구나. 남자답지 못하고 무척 좀스럽군."

수현의 짧은 감상평에 셀레나 로페즈는 새삼 자신의 과거가 후회되었다.

그녀가 처음 저스트 비버를 만난 것은 어린 10대 때였다.

당시 같은 또래인데다 서로 많은 인기를 얻고 있어 자연스럽게 만남을 갖게 되고, 결국 치기 어린 마음에 둘은 쉽게 사귀게 되었다.

사실 이때도 저스트 비버는 찌질한 경향이 있었다.

그러나 사랑에 눈이 먼 10대 소녀에게 그런 점이 눈에 들어올 리 없었다.

시간이 지나며 어느 정도 이성을 찾게 되자, 그동안에는 느끼지 못한 단점들이 속속 드러났다.

어차피 저스트 비버나 셀레나 로페즈, 둘 모두 어린데다 가벼운 마음으로 시작된 교제라 이별은 순조로웠다.

그렇지만 사람들은 같은 실수를 반복한다는 말이 있지 않은가.

시간이 흘러 기억이 희미해지자 셀레나 로페즈는 저스트 비버와 재결합하게 되었다.

하지만 사람은 쉽게 변하지 않는 법이며, 셀레나는 그 대가를 톡톡히 치렀다.

지금껏 당한 것을 되갚아주고는 싶지만, 솔직히 그녀가 가진 힘은 저스트 비버에게 영향을 끼칠 정도가 되지 않았다.

그녀도 유명한 스타이고 떠오르는 셀럽이라고는 하지만, 저스트 비버에 비할 바는 아니었다.

이미 자신만의 확고한 영역을 구축한 저스트 비버는 온갖 비난을 받으며 구설수에 오르더라도 지지해 주는 팬들이 많았다.

그야말로 자신의 왕국을 가진 스타급 연예인인 것이다.

아마 파티장에서 벌어진 폭행 사건이 외부에 알려졌다 해도 처음에만 반짝 이슈를 끌 뿐, 오래가지는 않았을 것이다.

그런 생각이 들자 셀레나는 새삼 기분이 우울해졌다.

"하아……."

깊은 한숨을 쉬는 셀레나의 모습에 수현이 물었다.

"왜? 무슨 안 좋은 기억이라도 떠올랐어?"

"아니, 그냥 내 처지가 갑자기 떠올라서……."

셀레나는 한껏 잦아든 목소리로 한숨을 쉬듯 대답을 하였다.

"이거, 이제 시작하는 연인 앞에서 너무한 거 아냐?"

"응?"

"그렇잖아. 네가 어제 사귀자고 했으면서 벌써 하루 만에 질린 거야? 나랑 함께 있는데 표정이 너무 어둡잖아."

셀레나의 기분이 너무 가라앉아 보이자 수현은 일부러 농담을 던졌다.

뜬금없는 말에 셀레나는 어처구니가 없었지만, 사실 수현의 말이 틀린 건 아니었다.

새로 사귀게 된 연인 앞에서 다른 남자의 일로 화를 내고, 자신의 처지를 한탄하며 한숨 쉬는 모습을 누가 좋아하겠는가.

셀레나로서는 정말 창피하고 부끄러운 일이 아닐 수 없었다.

그리고 무엇보다 수현에 대한 너무 미안했다.

괜히 자신의 일 때문에 엉뚱하게 피해를 보고 있다고 생각하니 정말로 한없이 미안했다.

"또! 그런 표정 짓지 말랬잖아."

수현은 또다시 표정이 어두워지는 셀레나의 모습에 얼른 주의를 주었다.

"나가자. 이럴 땐 기분 전환이 필요해."

수현은 마침 좋은 곳을 떠올렸다.

얼마 전, 전창걸의 가족과 함께 뉴욕 투어를 하던 중 발견한 한국식 치킨 집.

물론 한국에서 먹던 것에 비해 매운 맛이 조금 더 강하긴 했지만, 수현이나 전창걸 가족의 입맛에는 괜찮았다.

게다가 이곳의 양념 치킨이 꽤 인기가 있는지 손님도 많았다.

셀레나는 다짜고짜 자신의 손을 잡아끄는 수현의 행동에 처음에는 무척 당황했다.

사실 이런 행동은 미국에서 감히 상상도 못할 행동이었다.

한국 사람들이야 남자가 여자와 데이트를 할 때, 또는 어딘가로 데려갈 때 흔히 하는 행동이지만, 외국에서는 그렇지 않았다.

여성의 동의 없이 팔을 잡아끈다는 것은 강제로 어딘가로 납치를 하는 행위로 인식되기 때문이다.

그렇지만 셀레나는 조용히 수현이 이끄는 대로 따라갔다.

설마 연인인 수현이 자신에게 해를 끼치겠는가 하는 믿음 때문이었다.

수현이 셀레나를 데리고 도착한 곳은 음식점이었다.

간판을 보니 치킨을 파는 곳인 듯했다.

셀레나 그녀도 치킨을 무척 좋아한다.

사실 알레르기가 있거나 채식주의자를 제외하고 치킨을 싫어하는 미국인은 없다고 해도 과언이 아니었다.

하지만 셀레나는 묻지 않을 수가 없었다.

"수현, 여긴 어디야?"

"응. 여긴 한국식 스파이시 치킨을 파는 음식점이야."

수현은 빙그레 미소를 지으며 대답해 주었다.

"아니, 간판만 봐도 그것은 알겠는데… 내 말은 무엇 때문에 이곳에 데려왔냐는 말이지."

"아, 그건……."

수현은 자신의 설명이 부족했다는 것을 깨닫고 다시 한 번 이곳에 데려온 이유를 말해주었다.

"아, 나도 그런 말 들어본 것 같아. 한국에서는 매운 것을 먹으면서 스트레스를 푼다고 하더라고."

셀레나가 비록 한국에 대해 많은 것을 알지는 않지만, 수현에 대해 알아보며 많은 공부를 했다.

그러던 중 왠지 비슷한 이야기를 들은 기억을 떠올릴 수 있었다.

"맞아. 한국식 스파이시 치킨은 종류도 다양하고, 또 그냥 맵기만 한 것이 아니야. 한 번 맛을 보면 셀레나도 반하고 말걸?"

수현은 난데없이 한국식 양념 치킨에 대한 찬양을 늘어놓았다.

그런 모습조차도 셀레나에게는 신기하게 다가왔다.

아시아에서 스타라 불릴 정도로 많은 인기를 얻고 있는 수현이 전혀 어울릴 것 같지 않은 천진난만하고 소탈한 모습을 보여주는 것이었다.

셀레나는 결국 더는 참지 못하고 웃고 말았다.

"파하하하! 그게 뭐야? 수현, 혹시 여기 홍보 모델이야?"

"하하, 내가 좀 오버를 한 것 같네. 하지만 절대 거짓말이 아니란 것을 금방 깨달을 수 있을 거야."

수현이 셀레나에게 변명 아닌 변명을 하고 있을 때, 종업원이 다가왔다.

"실례합니다. 무엇을 도와드릴까요?"

습관처럼 앞치마에서 수첩과 볼펜을 꺼내 든 여종업원이 고개를 들어 두 사람을 쳐다보았다.

그러고는 잠시 후, 경악한 듯 눈이 커졌다.

"오우, 오 마이 갓! 오 마이 갓!"

그제야 수현을 알아본 것인지, 종업원은 호들갑을 떨기 시작했다.

여종업원 모니카. 사실 그녀는 교환 학생으로 한국에서 1년 정도 거주한 적이 있었다. 당시 많은 한국 음식을 접했는데,

그중에서도 다양한 종류의 양념 치킨을 접하고는 한눈에 반해 버렸다.

비자 시한이 종료되어 다시 미국으로 돌아왔지만 모니카는 한국에서 먹은 양념 치킨의 맛을 잊지 못했다.

그래서 미국에서도 그와 비슷한 음식을 찾던 중 이곳 '대갓집 핫 치킨'을 발견할 수 있었다.

비록 완전히 똑같지는 않지만, 그래도 한국에서 먹은 양념 치킨과 가장 비슷한 맛을 느낄 수가 있었다.

그래서 그녀는 두 번 생각할 것도 없이 아르바이트 자리를 구했다.

비록 다른 아르바이트에 비해 임금이 많은 편은 아니지만, 일이 끝나면 좋아하는 치킨을 공짜로 가져갈 수 있어서 좋았다.

그리고 모니카가 한국에서 행복함을 느낀 건 비단 양념 치킨만이 아니었다.

K—POP이나 한국 드라마도 그녀의 취향에 딱 맞았다.

그중에서도 로열 가드를 무척이나 좋아했다.

멤버 모두가 모델 같은 비주얼에 춤이면 춤, 노래면 노래, 어느 것 하나 빠지지 않았다.

그 덕분에 어렵기로 잘 알려진 한국어를 배우는 데 로열 가드가 지대한 공헌을 하였다.

외국어를 빨리 배우는 방법으로 흔히 알려진 것이 이성

친구를 사귀거나 그 나라의 노래를 배우는 것인데, 모니카는 두 번째에 해당했다.

그녀가 다니던 학교의 학생들 대부분이 모이기만 하면 매일같이 K—POP이나 드라마로 이야기꽃을 피우곤 했다.

그녀도 친구들과 빨리 친해지기 위해 K—POP과 한국 드라마를 접했다.

처음에는 알아듣기도 어렵고, 이해도 잘 안 됐다.

하지만 그러던 중 우연히 로열 가드를 알게 되었다.

친구들이 '로열 가드, 로열 가드' 하면서 떠드는 것을 들었기에 모르지는 않았다.

그런데 어쩌다 일이 있어 방송국에 갔다가 현장에서 로열 가드를 보게 된 것이다.

그곳에서 그녀는 놀라운 충격을 받았다.

한국인들은 대체적으로 친절하지만, 피부색에 대한 차별은 은연중 느껴졌다.

처음 피부색이 검은 그녀를 보았을 때, 친구들 역시 살짝 경계를 하기도 했다.

외국인에 대한 경계심을 갖는 경우도 있지만, 백인보다는 흑인에 대한 경계심이 유독 강한 것도 사실이다.

물론 어느 정도 시간이 지나 서로에 대해 익숙해지면 그런 구분이 없어지지만, 그러기까지 모니카는 함께 온 교환학생들 외에는 친구가 없었다.

그런데 방송국에서 본 로열 가드 멤버들은 그렇지 않았다.

처음 마주했을 때부터 표정 하나 변하지 않고 밝게 웃으며 그녀에게 말을 걸어준 것이다.

그 뒤로 모니카는 로열 가드에 빠져들었다. 일명 빠순이가 된 것이다.

로열 가드의 노래를 듣고 안무를 연습하는 것이 그녀의 일상이 되었다.

누가 보면 연예인이 되기 위해 한국에 온 것인 양 오해할 정도로 팬이 된 것이다.

오죽하면 친구들에게 혹시 연습생 준비를 하는 것이냐는 농담도 많이 들었다.

그런데 지금, 눈앞에 그렇게나 자신이 좋아하던 로열 가드의 리더가 와 있는 것이었다.

"수현, 반가워요! 저 정말 팬이에요!"

"어?"

수현은 종업원이 갑자기 호들갑을 떨며 인사를 해오자 동그랗게 눈을 떴다.

그리고 그건 수현과 함께 자리에 앉아 있는 셀레나 또한 마찬가지였다.

보통 음식점에 들어가면 자신을 먼저 알아보고 은근하게 다가와 사인을 요청하는 경우는 더러 있었다.

연예인도 한 사람의 인간으로서 개인적 시간이 필요하다고 생각해 가급적이면 공공장소에서 문제를 일으키지 않는다.

연예인이 볼일을 마치고 시간이 남는 듯 보이면, 그때 조심스럽게 다가가 양해를 구하고 사인이나 사진 촬영을 요청하는 게 일반적이었다.

물론 연예인이 거절하면 그것으로 끝이었다.

하지만 한국은 다르다.

한국의 팬들은 때와 장소를 불문하고 연예인을 보면 일단 저돌적으로 돌진을 하고 보는 경우가 비일비재했다.

일부 몰지각한 팬들은 '연예인이 팬의 요청을 거부하네 마네' 하며 갑질을 부리려 하기도 한다.

정말 상식도 없고 절로 눈살이 찌푸려지는 일이 아닐 수 없다.

물론 요즘 들어서는 미국처럼 연예인의 사생활을 존중해 줘야 한다는 의식이 퍼져 나가고 있지만, 모두가 그런 것은 아니었다.

그런 점에서 볼 때, 지금 셀레나는 너무도 생소한 경험을 하는 중이었다.

미국인 이곳에서 유명 스타인 자신은 거들떠도 보지 않고, 오히려 수현을 보며 흥분하는 사람을 만난 것이다.

그런데 이상하게도 그리 기분이 나쁘지는 않았다.

분명 수현과의 달콤한 시간을 뺏는데다 양해를 구하지도 않고 무례한 행동임은 분명하다.

하지만 일부러 그러는 것이 아니라 정말로 저도 모르게 뜻밖의 장소에서 자신이 동경하던 스타를 만나 솔직하게 기뻐하는 모습이었기 때문이다.

"한국에서 인기 스타라고 듣기는 했지만, 설마 수현의 팬이 여기에도 있을 줄은 상상도 못했어."

수현도 살짝 쑥스럽다는 미소를 지으며 말을 받았다.

"그러게 말이야. 나도 이곳 뉴욕에서 팬클럽 멤버를 보게 될 줄은 상상도 못했네."

조금 전, 주문을 받기 위해 다가왔던 모니카는 로열 가드의 팬클럽 중 하나인 아발론의 멤버였다.

로열 가드의 공식 팬클럽은 여러 개가 존재하고 있는데, 그중 가장 규모가 크고 열정적인 그룹이 바로 아발론이었다.

현재 아발론에는 한국인뿐만 아니라 전 세계의 로열 가드 팬들이 총망라되어 있었다.

게다가 아발론이 만들어진 것도 한국이 아닌 대만에서였다.

이는 사실 최유진의 영향이 컸다.

최유진이 나이가 들고, 결혼을 하면서 한국에서는 인기가 한풀 꺾였다.

이미 임자가 생긴 최유진보다는 포스트 최유진을 선언하며 새로 두각을 나타내는 신예들이 스포트라이트를 받게 된 것이다.

그로 인해 최유진의 팬클럽이나 카페 활동은 점차 축소되었다.

하지만 그건 한국 내에서의 이야기일 뿐, 해외의 경우는 그렇지 않았다.

오히려 더욱 원숙해진 그녀의 연기나 노래 실력은 팬들을 열광시키기에 충분했다.

그런 와중에 최유진이 로열 가드에 대해 언급하며 힘을 실어주자 팬들 역시 관심을 가질 수밖에 없었다.

그들에게 있어 여왕이나 다름없는 최유진이 선택한 후계자란 인식이 든 것이다.

이후 드러난 로열 가드의 행보 역시 팬들의 기대에 십분 충족했다.

과연 최유진의 안목이 확실하다며 최유진 팬 카페 내부에 로열 가드를 응원하는 하위 개념의 팬 카페를 만들어졌는데, 그것이 점차 커져 독립을 하면서 아발론이란 이름을 내세우게 된 것이다.

일반적인 팬클럽이나 팬 카페의 행보와는 달리 참으로 이례적인 일이었지만, 당시 최유진과 로열 가드(수현)의 관계가 무척이나 좋아 팬들도 그에 상관하지 않고 둘 모두 응원을 하였다.

그러다 나중에 스캔들이 터지면서 최유진이 전격적으로 연예계 은퇴를 선언하자, 최유진을 응원하던 이들 역시 자리를 옮겨 아발론으로 통일이 되었다.

물론 그 과정에서 일부 팬들이 떨어져 나가긴 했지만, 그 이상 아발론으로 유입되는 팬들이 늘어나면서 규모는 더욱 커졌다.

"와, 수현의 팬들은 마치 군인을 보는 것 같아."

수현에게 팬클럽에 대한 이야기를 들으면서 셀레나는 감탄을 금치 못했다.

확실히 미국의 팬 문화와는 많은 점이 달랐다.

연예인을 좋아하는 팬의 마음은 세계 어느 나라나 비슷하다.

자신이 좋아하는 스타를 따라 하고, 그들이 하는 말을 들으며, 스타와 닮으려 많은 노력을 한다.

하지만 한국 팬들의 행보는 그보다 한발 더 나아가 마치 종교에 빠진 광신도와 같은 부분이 있었다.

스타를 신성시하며 혹시나 다른 사람들에게 손가락질을 받지 않게 조심스럽게 행동을 하였다.

뿐만 아니라 스타의 이름으로 기부도 하고 봉사활동을 한다는 것은 셀레나가 생각하기에 정말 색다른 모습이었다.

"그래? 난 잘 모르겠는데? 다만, 나와 멤버들을 좋아해

주는 팬들에게 항상 감사한 마음을 가지려 노력하고는 있어."

부러움이 가득 담긴 눈으로 쳐다보는 셀레나에게 수현은 담담하게 자신의 소신을 밝혔다.

물론 스캔들이 터지며 자신에게 실망해서 떠나간 팬들도 있지만, 그것은 극히 일부였다.

훨씬 많은 수의 팬들이 여전히 수현을 지지하며 걱정해 주었다.

중국에서 테러를 당했을 때도 그렇고, 미국에서 아이를 구했을 때도 그랬다.

"어머!"

순간, 무엇을 보았는지 셀레나 로페즈가 짧은 탄성을 질렀다.

"무슨 일이야?"

"우리 이야기도 있어."

셀레나는 로열 가드의 팬 카페를 살펴보다 누군가 올린 자신과 수현에 관한 글을 보았다.

뉴욕 타임의 보도로 인해 자신과 수현의 이야기가 나간 것이 불과 며칠 전이다.

그런데 벌써 그 일에 대한 코멘트가 올라와 있는 것이다.

조심스럽게 글을 읽던 셀레나는 볼이 살짝 상기되었다.

그도 그럴 것이, 팬들의 이런 언급은 대체로 부정적인 것이 다반사인데, 해당 글은 두 사람을 응원하는 내용이었기 때문이다.

사실 미국도 스타의 연애 때문에 참으로 많이 사건 사고가 벌어진다.

게다가 총기 소유가 자유로운 미국답게 한 번 사고가 터지면 아주 끔찍한 결말로 치닫는 경우도 흔했다.

대표적인 사례로 전설적인 록 그룹 비틀즈를 꼽을 수 있을 것이다.

당시 비틀즈의 리더였던 존 레논이 오노 요코와 함께 집을 나서다 총격을 받아 사망한 사건. 그야말로 전 세계를 충격에 빠트린 사건이라 그 여파도 무척이나 컸다.

물론 지금의 팬들은 그때보다 많이 성숙해지기는 했지만, 그래도 언제 어디서 무슨 일이 벌어질지는 아무도 모르는 일이었다.

셀레나 역시 저스트 비버와 사귈 때 헤어지라는 협박을 받기도 했으니까.

하지만 다행스럽게도 로열 가드의 팬들은 대부분이 셀레나를 축복해 주었다.

"헤헤, 내가 수현하고 잘 어울린다고 하네."

셀레나가 수줍은 표정으로 얼굴을 붉히자 수현도 새삼 가슴이 뛰며 웃음이 나왔다.

어린 소녀처럼 기뻐하는 모습이 너무 사랑스러웠기 때문

이다.

수현이 저도 모르게 손을 뻗어 셀레나의 손을 잡으려 할 때.

"주문하신 양념 치킨하고 간장 치킨 나왔습니다."

모니카가 밝게 미소를 지으며 쟁반에 담긴 음식들을 테이블 위에 내려놓았다.

"맛있게 드세요."

모니카는 다시 정중하게 인사를 하고 자리를 비켜주었다.

조금 전에는 수현을 보고 너무 놀라고 기뻐 호들갑을 떨었지만, 금세 정신을 차리고는 사죄를 했다.

다행히도 수현과 셀레나는 그런 그녀의 행동에 기분 나빠하지 않고 나갈 때 사인과 사진을 찍어주겠다고 했다.

한편, 테이블 위에 차려진 음식을 보고 셀레나의 눈이 커졌다.

우선 양념 치킨과 간장 치킨의 비주얼은 그리 나쁘지 않았다.

은연중에 풍기는 향기도 식욕을 자극할 만큼 매혹적이었다.

그런데 그녀의 눈을 끄는 것은 그게 전부가 아니었다.

테이블 한쪽에 놓인 무절임.

분명 그런 것을 시킨 기억이 없는데 떡하니 테이블 위에 올려져 있었기 때문이다.

사실 한국에서는 너무나 평범한 일이지만, 이곳 미국에서
는 주문한 것 외에 따로 음식이 나오는 경우는 없었다.

　그래서 무언가 잘못된 것이라 생각한 셀레나는 얼른 모니
카를 잡아 세우려 하였다.

　"저……."

　하지만 한발 먼저 수현이 나섰다.

　"왜? 뭐 부족한 것 있어?"

　사실 수현은 다른 걱정을 하고 있었다.

　한국에서야 워낙 치킨 사랑이 널리 퍼져 있어 1인 1닭이
라는 말까지 있을 정도이지만, 딱 보기에도 호리호리한 셀
레나가 과연 얼마나 먹을 수 있을지 걱정이 된 것이다.

　솔직히 자신도 치킨을 좋아하기는 하지만, 지금 주문한
치킨은 한국에서보다 양이 더 많아 솔직히 다 먹을 수 있을
까 고민될 정도였다.

　그런데 셀레나의 대답은 수현의 생각과는 전혀 다른 것이
었다.

　"아니, 그게 아니라 주문하지도 않은 것이 나와서 혹시
팔리지 않는 것을 강매하는 것이 아닌가 싶어서."

　셀레나의 시선이 무절임에 가 있었다.

　"웅? 아하! 셀레나, 이건 무절임이라는 것인데… 음, 이
걸 뭐라고 설명을 해야 할까?"

　수현은 살짝 고민을 하다가다 그냥 떠오르는 대로 말을

스타라이트

해주었다.

"이건 한국의 김치 종류 중 하나인데, 치킨을 먹을 때 공짜로 나오는 거야. 그리고 먹다가 부족하면 더 달라고 해도 되고."

"응? 돈을 안 낸다고?"

"그래. 사실 한국에서는 어떤 음식이든 간에 기본적으로 반찬이 나오는데, 그것도 다 공짜야. 그리고 얼마든지 리필해서 먹을 수가 있어."

셀레나는 수현의 설명을 들을수록 이해할 수가 없었다.

그렇게 음식을 공짜로 주면 과연 남는 게 있기나 할까 걱정하며, 역시 한국은 참으로 신기한 나라라는 생각이 들었다.

"한 번 먹어봐. 새콤달콤해서 그냥 먹어도 맛있어."

수현은 무절임을 자신이 먼저 먹어 보인 후에, 다시 하나를 찍어 셀레나에게 내밀었다.

소위 연인들끼리만 한다는 음식 먹여주기에 셀레나는 눈을 반짝이며 수현이 내민 무절임을 입으로 받아먹었다.

'어머!'

큐브 모양으로 잘린 하얀 무절임이 입안에 들어가자, 셀레나는 저도 모르게 눈을 번쩍 떴다.

아삭!

새콤달콤한 맛에 시원한 식감이 너무도 충격적이었다.

한입 깨무는 순간, 목을 타고 넘어가는 무의 신선한 즙이 절로 식욕을 자극했다.

마치 시원한 레모네이드를 마신 것 같은 상쾌함이 입안 가득 퍼져 앞에 놓인 치킨을 끊임없이 먹을 수 있을 것만 같았다.

"어머, 너무 맛있어. 이게 무라고? 마치 레모네이드 같아. 이것만 먹어도 될 것 같은데?"

셀레나의 황홀한 듯한 감상에 수현은 당황했다.

물론 무절임은 맛과 식감이 뛰어나긴 하다.

하지만 한국인들에게 무절임은 치킨을 먹을 때 그저 느끼함을 덜어주기 위해 먹는 입가심 용도가 컸다.

과연 이렇게나 감탄할 만한 것인가 하는 생각이 진지하게 들었다.

그러면서 문득 언젠가 본 기사 하나를 떠올릴 수 있었다.

일본인들이 한국에 관광을 왔다가 치킨보다 함께 나온 무절임이 더 좋았다며 올린 글을 소개한 인터넷 뉴스였다.

무절임의 맛에 반한 일본인들이 오직 무절임을 먹기 위해 치킨을 시킨다는 이야기였다.

물론 어느 정도 과장이 섞인 내용이겠지만, 그 정도로 무절임의 인기가 뛰어나다는 이야기였다.

심지어 일본의 극우 사이트에서 '한국인은 싫지만, 무절임만은 인정한다' 는 우스갯소리마저 올라올 정도였다.

그 정도로 치킨과 함께 나온 무절임, 일명 치킨 무라고 불리는 음식의 인기는 대단했다.

한발 더 나아가 무절임 때문에 한국식 치킨집이 늘어나는 추세라니, 일본에서 무절임이 얼마나 입맛을 저격했는지 알 수 있을 것이다.

지금 셀레나도 마찬가지였다.

무절임을 처음 먹어보고 그 맛에 반한 셀레나는 이번에는 과감하게 치킨으로 손을 뻗었다.

"아! 셀레나, 일단 이것부터 한 번 먹어봐. 이건 간장 소스를 베이스로 한 양념 치킨이야. 맵지 않고 자극적이지 않아."

수현은 셀레나가 양념 치킨 쪽으로 손을 뻗자 먼저 간장 치킨을 추천했다.

지난번 전창걸의 가족들과 함께 왔을 때, 살짝 매운맛을 느꼈기 때문이다.

오늘도 역시 검붉은 빛깔에 코끝을 찌르는 향기가 무척이나 자극적이었다.

수현에게는 딱 알맞은 정도의 양념이지만, 매운 것을 잘 못 먹는 사람에게는 굉장히 자극적일 수 있었다.

무엇보다 평소 매운 것을 잘 먹지 않는 미국인에게 처음부터 매운 맛 양념을 권하는 것은 허들이 너무 높았다.

강렬한 붉은색 양념 치킨에 끌려 그것을 먼저 맛보려던

셀레나는 수현의 권유에 간장 치킨을 먹어보았다.

"으음, 짜지도 않고… 달착지근하면서 고소한 것이 너무 좋은데?"

사실 간장 치킨은 비주얼적으로는 붉은색의 양념 치킨에 비해 그리 끌리는 모습은 아니었다.

하지만 한입 가득 입안에 넣고 그 부드러운 고기를 씹자, 그런 선입견은 우주 저 멀리 날아가 버렸다.

바삭한 튀김옷 안에서 촉촉하고 짭조름한 육질이 그 모습을 드러내며, 마치 녹듯이 입안을 가득 채웠다.

게다가 간이 강하지 않아 단맛이 더욱 강렬하게 느껴졌다.

사실 셀레나는 한국식 스파이시 치킨이라고 해서 호기심을 느끼면서도 한편으로는 두려운 마음도 있었다.

인터넷을 보다 보면 한국식 매운 음식에 도전하는 챌린지 영상들이 꽤나 많이 올려져 있었다.

라면이나 떡볶기 같은 것은 물론, 낙지 등의 음식도 외국인들이 먹고 괴로워하는 컷들이 많은 인기를 끌었다.

그래서 한국 음식이라 하면 당연히 매운맛을 처음 떠올리기도 한다.

셀레나 역시 그런 생각을 갖고 은연중 고민을 했다.

하지만 맛을 보니 그 맛에 정말로 반해 버렸다.

맛과 향이 그리 자극적이지 않아 계속해서 먹게 만드는

스타라이트

마력이 있었다.

사실 셀레나는 육식을 좋아하지만, 평소 그리 많은 양의 식사를 하지는 않는다.

그도 그럴 것이, 그녀는 먹으면 먹는 대로 살로 가는 체질이기 때문이다.

그런 탓에 살이 찔까 봐 평소 자주 먹지도, 또 많이 먹지도 않았다.

이는 그녀가 연예인이기에 어쩔 수 없이 감내해야만 하는 일이었다.

하지만 오늘 수현과 함께 온 이곳 한국식 치킨 음식점의 치킨은 마약이었다.

그녀를 유혹하는 이 마약을 이겨내기 힘들 것 같다는 생각이 들었다.

Chapter 4

정리

셀레나 로페즈와 첫 데이트는 별거 아니지만, 수현은 정말 오랜만에 편안함과 행복감을 느꼈다.

외국에서 생활을 한 것이 꽤 되었기에 한국이 그리워질 때면 종종 한국 음식을 먹으며 마음을 달래곤 했다.

그런데 오늘 셀레나 로페즈라 함께 먹은 한국식 양념 치킨과 간장 치킨은 그 어느 때보다 맛있었다.

역시나 좋은 사람과 함께 나누는 것은 기분을 좋게 만든다.

수현은 오늘 셀레나와 함께한 데이트에 대해 다시금 곱씹었다.

전 남자 친구였던 저스트 비버 측에서 꾸민 스캔들 때문에 오히려 가까운 사이가 될 수 있었지만, 그것과 별개로 여자 연예인에게 스캔들은 무척이나 민감한 사안이다.

그 때문에 화가 나 있던 셀레나를 달래기 위해 스트레스를 확 날려줄 수 있는 한국식 양념 치킨을 선택했다.

그 선택은 탁월했다.

양념 치킨을 처음 먹어본 셀레나는 정말로 찬사를 늘어놓았다.

그야말로 자신을 위한 최고의 음식이라며 수현에게 감사도 잊지 않았다.

그러면서 키스도 했다.

비록 서로 사귀기로 했지만, 두 사람은 아직 제대로 연애를 시작하지도 않았다.

바로 전날 사귀기로 이야기를 나누고, 첫 번째 데이트일 뿐이었다.

서로를 알아가기 위한 첫 시작이라 데이트를 하기 위해 만났을 때도 그저 볼과 볼을 맞대는 정도의 스킨십만 했을 뿐이다.

그런데 양념 치킨이 얼마나 마음에 들었으면, 식사가 끝나자마자 수현에게 기습적으로 키스를 한 것이다.

한 번도 경험해 보지 못한 놀라운 사건에 수현은 어찌할 바를 몰랐다.

갑작스러운 기습 키스에 놀라면서도 전혀 거부하지 못했다.

그녀의 입에서 전해지는 달콤하면서도 상큼한 느낌이 양념 치킨의 맛인지, 아니면 그녀에게 호감이 있어서 그렇게 느껴지는 것인지 구분할 수가 없었다.

하지만 그보다 더 수현을 기분 좋게 만든 것은, 그렇게 대담하게 기습 키스를 했으면서 오히려 부끄러워하는 셀레나의 모습이었다.

엉뚱한 면이 있기는 해도 정말 셀레나의 이미지와 딱 맞는, 순수하고 청순한 모습을 보게 된 수현은 그야말로 심쿵했다.

무엇보다 그런 모습을 자신에게만 보여주는 것이란 생각에 더욱 가슴이 벅찼다.

그렇게 달콤한 식사를 마친 두 사람은 잠시 거리를 걷다 공원으로 향했다.

거리에서 파는 커피를 테이크아웃하여 공원 벤치에 앉은 수현과 셀레나는 많은 이야기를 나눴다.

두 사람 다 연예인으로서 바쁜 일정을 소화해야 하기에 연애를 하는 과정에 많은 영향을 받을 수도 있기 때문이다.

당장 수현만 해도 울프 TV에서 진행하는 드라마의 2시즌에 본격적으로 출연하게 되어 2월부터는 촬영이 잡혀 있었다.

셀레나 또한 3월의 컴백을 위해 준비를 해야 할 시기이기에 사실 두 사람에게는 시간이 많지 않았다.

그렇기에 미리 일정을 맞추는 것이 중요했다.

따르릉.

낮의 데이트와 앞으로의 일정에 대해 생각을 정리하고 있을 때, 휴대폰이 울렸다.

'이 시간에 누구지?'

어제부로 연인이 된 셀레나와는 이미 데이트 후에 통화를 마쳤다.

그리고 한국에 있는 부모님과는 그렇게 자주 통화를 하는 편은 아니지만, 그래도 조금 전 오랜만에 안부 인사 겸 통화를 끝냈다.

회사와의 연락은 이곳까지 함께 온 전창걸이 맡고 있기에 수현이 직접적으로 통화할 일은 없으니 그건 패스하고……

결국 자신에게 전화를 걸 사람이라고는 로열 가드의 남은 멤버들과 전창걸이 전부였다.

로열 가드의 총괄 매니저인 전창걸은 7박 8일간의 뉴욕 투어를 마친 가족들을 배웅하기 위해 공항으로 나갔다.

가족들을 한국으로 돌려보낸 후에 때를 같이해 미국으로 올 로열 가드의 남은 멤버들을 픽업해 올 예정이었다.

원래 로열 가드의 멤버들은 LA에 숙소를 잡을 예정이었다.

올해 미국 시장에서의 데뷔를 준비하기 위해선 환경이 중요한데, 아무래도 삭막한 뉴욕보단 한국 유학생이나 교포들이 많이 살고 있는 LA가 좀 더 환경적으로 좋을 것 같다는 판단에서였다.

하지만 리더인 수현이 뉴욕에 머물고 있는 탓에 급히 목적지가 변경되었다.

작년 한 해 동안 서로 다른 스케줄 때문에 자주 보지 못했으니, 마침 함께 휴가도 즐기면서 친목을 다지자는 의미에서였다.

사실 수현은 이제 막 셀레나와 연애를 시작하는 단계였기에 멤버들이 오는 것이 썩 달갑지는 않았다.

그도 그럴 것이, 로열 가드 멤버들이 겉으로 보기에는 신사적이고 예의 바르게 보이지만, 사실 무척이나 장난기가 많았다.

도를 넘어 눈살을 찌푸리게 할 정도는 아니지만, 수현이 판단하기에 분명 자신과 셀레나를 두고 장난을 칠 것이 분명했다.

더욱이 동생들을 진정시켜야 할 서브 리더인 박정수가 오히려 더 까불거리니 자연스레 걱정이 되는 수현이었다.

그런 점이 신경이 쓰이는 것뿐이지, 결코 동생들이 싫어서 그런 것은 아니다.

사실 오늘 뉴욕에 들이닥치는 것도 박정수의 일방적인 통보였다.

여덟 명이나 되는 인원이 한꺼번에 몰려오는 것이기에 숙소가 문제될 수도 있지만, 다행히 그 문제는 쉽게 해결이 되었다.

울프 TV에서 수현을 위해 펜트하우스를 잡아주었기 때문이다.

물론, 아무리 펜트하우스라 해도 많은 인원이 생활하면 좁게 느껴질 수도 있겠지만, 로열 가드 멤버들에게는 그런 건 일도 아니었다.

현재 그들이 사용하는 숙소를 들여다보면 자연스레 그런 걱정은 접을 수 있을 테니 말이다.

혹시나 불편해하는 멤버가 나오면, 그냥 쫓아내 버리면 그만이었다.

'그럼 알아서 숙소를 구하겠지.'

그런 생각을 하며 수현은 휴대폰 액정을 들여다보았다.

'어?'

그런데 전화를 건 사람의 이름을 확인한 수현은 순간 당황했다.

예상과 달리 메이링의 이름이 보였기 때문이다.

사실 수현과 메이링은 썸을 타는 중이었다.

물론 두 사람 모두 자신들이 연인 사이로 발전될 것이라고는 생각지 않았다.

중국 공산당 고위 관료의 딸인 메이링에게 이미 약혼자가
있기 때문이다.

어떻게 들으면 약혼자가 있으면서 다른 남자를 만나는 것
이 이상하게 느껴지기도 하겠지만, 당사자인 메이링과 상대
측 약혼자가 결혼 전까지는 서로에 대해 간섭을 하지 않기
로 합의했기에 가능한 일이었다.

어차피 재벌들의 결혼이란 것은 정략적인 관계가 어느 정
도 작용할 수밖에 없다.

단순히 사랑하는 두 사람의 결합이 아니라, 기업과 기업
의 거래이기 때문에 개인적인 감정을 배제하는 경우가 비일
비재했다.

이는 중국 관료 자녀나 상류층 자녀들 사이에선 아주 흔
한 일이기에 메이링과 약혼자는 서로 타협을 했다.

결혼은 하되, 각자 개인적인 영역은 존중해 주기로.

양측 부모 입장에서도 어차피 두 집안의 정치적 동반을
위한 결합이 목적이니, 자식들이 그걸로 행복할 수 있다면
만족하기에 더 이상의 관여는 하지 않았다.

그렇기에 메이링과 수현이 공식적인 연애는 아니지만 그
직전의 단계까지 진행이 될 수 있던 것이다.

하지만 수현이 드라마 촬영을 마치고 중국을 떠나게 되면
서 두 사람의 관계도 살짝 소원해졌다.

수현의 미국 활동과 중국 내 황찬의 성업으로 메이링의

업무가 늘어난 것이 그 원인이라 할 수 있었다.

그렇게 두 사람은 일이 늘어나고, 거리 또한 지구의 반대편으로 멀어지면서 예전만큼 가깝지 않게 되었다.

그런데 이렇게 느닷없이 전화가 걸려오자 수현도 순간 당황했다.

더욱이 자신이 이제 막 연애를 시작하는 단계이지 않은가.

확실하게 끝맺음을 하지 못한 잘못이 있다 보니 수현은 이 순간이 당황스럽지 않을 수 없었다.

"음, 음."

살짝 목을 가다듬은 수현은 통화 버튼을 누르고 차분하게 입을 열었다.

"여보세요, 정수현입니다."

─ 오빠, 너무한 것 아냐?

수화기 너머로 들려오는 목소리의 주인은 역시나 메이링이었다.

"응? 뭐가?"

갑자기 메이링으로부터 한국어를 듣게 되자 수현은 당황했다.

그러거나 말거나 메이링은 말을 계속 쏟아냈다.

─ 팝스타인 셀레나 로페즈랑 사귀게 되었다면서?

"응. 그게… 그렇게 됐어."

느닷없는 돌직구에 메이링이 '어떻게 알았을까?' 하는 의문이 들기도 했지만, 수현은 부정하지 않고 순순히 대답을 하였다.

― 와, 어떻게 나를 두고 그럴 수 있어? 너무한 것 아냐?

마치 바람을 피운 애인에게 투정을 부리는 듯한 메이링.

현재 시각이 저녁 9시이니 중국은 아마 새벽 4시쯤일 것이다.

그러고 보니 메이링의 목소리에서 약간 취기가 느껴지기도 했다.

"이런, 다른 애들도 함께 있는 거냐?"

― 어? 어떻게 알았어? 거기서 여기가 보여?

무슨 말도 되지 않는 소리인지…….

뉴욕에 있는 자신이 중국에 있는 그녀를 볼 수 있을 리만무했다.

역시 술에 취한 게 분명했다.

"너희 또 술 마셨구나?"

― 응, 기분이 좀 울적해서 한잔했어.

"응? 기분이 울적하다니, 그게 무슨… 혹시 무슨 일 있어?"

수현은 갑자기 가라앉은 그녀의 목소리에 살짝 걱정되어 물었다.

― 당연하지. 좋아하는 남자가 다른 여자랑 사귀게 되었다는 소

식을 들었는데, 내가 기분이 좋겠어?

순간, 수현은 속으로 뜨끔하며 죄책감을 느꼈다.

비록 메이링이 에둘러 이야기를 하고는 있지만, 그녀가 말하는 사람이 바로 자신이란 것을 알 수 있었기 때문이다.

"음, 그래도 결국 이렇게 되리란 것은 너도 알고 있었잖아."

— 그래… 나도 모르지는 않는데… 그래도 이렇게 빨리 오빠의 곁에 다른 여자가 생길 줄은 생각지 못했어. 아니, 오빠는 매력이 넘치는 사람이라 언제나 불안했다는 말이 맞겠지.

수화기 너머로 하소연하듯 자조 섞인 말을 늘어놓는 메이링.

그 기분을 못 견디겠는지, 급기야 술을 마시는 듯한 소리가 들려왔다.

수현은 착잡한 기분을 애써 내색하지 않으며 담담하게 물었다.

"설마 그래서 지금까지 술을 마신 거야?"

— 그래. 아, 거기는 시간이 다르지? 내가 너무 늦은 시간에 전화를 했나?

"아니야. 여긴 아직 저녁 9시 정도밖에 되지 않았어. 다만, 네가 걱정이다. 늦었으니 술은 더 이상 마시지 말고, 맑은 정신에 다시 통화할까?"

— 헤, 내 걱정 해주는 거야? 그러지 않아도 술은 더 이상 못 마

시겠… 우욱!

턱.

띠릭.

급기야 수화기 너머로 메이링이 구토하는 소리와 함께 부딪치는 소리가 들리더니 통화가 끊겼다.

수현은 잠시 멍하니 들고 있던 휴대폰을 쳐다보았다.

정말 갑작스레 걸려온 전화에 끊어지는 것도 난데없었다.

아마 메이링은 자신과 셀레나가 함께 찍힌 사진을 본 모양이다.

제대로 관계가 정리되지 않은 상태에서 어쩌면 배신감을 느꼈을 수도 있다.

그래서 울적한 마음에 친구들과 술을 마셨으리라.

사실 수현도 메이링이 싫지 않았다.

만약 그녀가 평범한 아가씨였다면 조금 더 관계가 진전이 되었을지 몰랐다.

그렇지만 이미 그녀는 이미 미래가 정해진 신분이다.

수현으로서는 관얼따이나 푸얼따이들의 연애관은 쉽게 받아들일 수 없는 일이었다.

때문에 두 사람의 관계는 늘 일정 선 이상을 넘지 못했다.

결국 수현이나 메이링 두 사람 다 알고 있는 결말이었다.

다만, 아직 20대 초반인 메이링은 현실을 받아들이기 쉽지 않았을 것이다.

쿵, 쿵, 쿵!

"사장님! 사장님! 일어나세요! 사장니~임!"

요란하게 문을 두드리며 누군가를 부르는 소리에 주변이 무척이나 시끄러웠다.

"으음……."

응접실 바닥에 쓰러져 있던 메이링은 머리를 울려 대는 고통에 신음을 토하며 고개를 들었다.

"왜 이리 시끄러운 거야?"

새벽까지 친구들과 술을 마신 탓에 속도 좋지 못하고, 머리가 깨질 듯이 아팠다.

거기에 자꾸 밖에서 누가 문을 두드려 대니 정신을 차릴 수가 없었다.

"그만! 일어났어! 그만 두들겨!"

그녀의 고함을 들었는지 요란하게 소음이 뚝 멈췄다.

스윽.

메이링은 부스스한 머리를 긁적이며 우선 시간을 먼저 확인하였다.

"뭐야? 벌써 11시나 된 거야?"

눈이 번쩍 뜨였다. 어느새 출근 시간에서 두 시간이나 지나 있었기 때문이다.

"젠장, 너무 많이 마셨어!"

어제, 밤늦게 찾아온 친구들과 술을 마신 것이 생각났다.

수현.

처음 만남부터 정말 꿈속의 왕자님을 만난 것 같았다.

그런데 그런 멋진 남자와 좋은 관계를 맺으며 감정을 쌓아 나갔다.

물론 그와 결실을 맺을 수 없다는 사실은 자각하고 있었다.

그럼에도 욕심을 내보았다.

혹시 수현이 자신을 받아준다면, 비록 결혼은 못하더라도 계속 연인 관계를 가질 수 있지 않을까.

하지만 그것은 역시 꿈에 불과했다.

서로의 거리가 조금씩 멀어지고 있다 느낄 무렵, 수현이 다른 여자와 데이트하는 모습이 찍힌 사진을 보았다.

이 모든 것이 자신의 굴레 때문이라는 것을 알면서도 다른 여자와 함께 웃으며 사진을 찍힌 그가 원망스러웠다.

"사장님!"

난장판이 된 응접실을 멍하니 쳐다보며 생각에 잠겨 있던 그녀를 비서의 외침이 다시금 현실로 되돌렸다.

"알았어! 내려가 있어! 씻고 갈 테니! 한 번만 더 소리쳐 부르면 가만 안 둘 거야!"

메이링은 냅다 고함을 지르고는 화장실로 들어갔다.

아무리 늦었더라도 씻고 출근을 해야 하지 않겠는가.

쏴아.

샤워기에 물을 틀고 물을 맞았다.

샤워 꼭지에서 쏟아진 물줄기가 머리를 적시자 정신이 번쩍 들었다.

살짝 차가운 기운이 느껴지는 물줄기를 맞으니 조금씩 기억이 돌아왔다.

"매정한 년들, 일어났으면 좀 깨워주고 가지."

자신을 혼자 두고 돌아간 친구들이 생각났다.

자신을 혼자 내버려 두고 먼저 가버린 친구들을 욕하던 중 문득 뭔가가 떠올랐다.

자신이 술김에 누군가에게 전화를 한 것 같다는 생각이 든 것이다.

"으음, 내가 누구에게 전화를 한 것 같은데, 누군지 잘 생각이 나지 않네."

생각이 날 듯 말 듯, 가물가물하게 흐린 영상이 떠오르자 가슴이 답답했다.

한참을 그렇게 고민을 하던 메이링은 일단 샤워를 마친 후에 휴대폰의 통화 기록을 확인하기로 결정을 내렸다.

달칵.

샤워 부스에서 나온 메이링은 몸에 타월을 걸치고 밖으로 나왔다.

자신의 휴대폰을 찾기 위해 주변을 둘러봤지만, 전화기는 눈에 띄지 않았다.

"아, 어디다 둔 거야?"

보이지 않는 전화기 때문에 짜증이 난 메이링은 작게 중얼거리며 계속해서 주변을 두리번거렸다.

"어? 저기 있네."

자신이 누워 있던 바닥 근처에 떨어져 있는 휴대폰을 발견한 메이링은 몸을 숙여 전화기를 주웠다.

"으음."

최근 통화 목록에 들어가자 맨 위에 자신이 술에 취해 통화한 사람의 이름이 보였다.

"어머나, 어떻게 해!"

메이링은 통화 기록을 확인하고는 어쩔 줄을 모르겠다는 듯 소리쳤다.

"사장님, 무슨 일 있으신가요?"

메이링의 목소리가 컸는지, 문밖에 있던 비서의 걱정스러운 목소리가 들려왔다.

"아니야! 혼잣말이니 신경 쓰지 마!"

자신을 걱정하며 물어오는 비서의 물음에 메이링은 얼버무리며 일단 서둘러 드레스 룸으로 향했다.

잠시 뒤, 멀쩡한 모습으로 돌아온 메이링은 비서에게 간단한 지시를 내렸다.

"사람 몇 명 올려보내서 방 안 좀 치우라고 해줘."

"알겠습니다."

"그래. 그런데 오늘 아침에 예정되어 있던 회의는 어떻게 됐지?"

"네. 사장님께서 참석하지 않으신 관계로 서면보고만 받고 돌려보냈습니다."

"음, 잘했어. 어차피 오늘 회의는 그리 중요한 내용은 없었으니……."

보고를 받은 메이링은 이동하는 와중에도 이런저런 지시를 내렸다.

탁.

사장실에 도착한 메이링은 이제 됐다는 듯 손짓으로 나가보란 지시를 하였다.

비서는 말없이 허리를 숙여 인사를 하고는 물러났다.

탁.

혼자 남은 사장실에서 책상 위에 두 손을 올린 그녀는 무너지듯 엎드리며 한숨을 내쉬었다.

"하아……."

출근하면서 내내 떠오르는 건 새벽에 저지른 자신의 한심한 행동에 대한 생각뿐이었다.

스타일이드

어쩌자고 술기운에 수현에게 전화를 걸었단 말인가.

"이게 다 시시 때문이야! 괜히 그년의 꼬임에 넘어가서……."

책상에 엎드린 상태에서 메이링은 자신의 머리를 마구 두드리며 자책했다.

처음에는 괜찮았다. 오랜만에 찾아온 친구들과 이런저런 이야기를 하며 즐겁게 술을 마셨다.

작년, 납치를 당할 뻔한 이후로는 클럽에는 잘 가지 않게 되었다.

이는 메이링뿐만 아니라 양시시와 진샤오링 또한 마찬가지였다.

트라우마가 생긴 것인지, 그게 아니면 자신들을 구해준 '수현'이 없으면 클럽에 있는 남자들이 모두 납치범들처럼 느껴진 탓이었다.

그래서 세 여자는 술이 먹고 싶으면 누군가의 집에 모였다.

어제도 그런 맥락으로 메이링의 집에 양시시와 진샤오링이 찾아왔다.

사고는 느닷없이 일어나는 법.

한창 사업 얘기로 즐겁게 이야기하며 술을 마셨는데, 어느 순간 수현의 이야기가 나온 것이다.

현재 메이링이 운영하는 '황찬'은 혼자 일구어낸 것이

아니다.

두 친구와 동업을 하고, 또 수현도 약간의 자금과 음식 레시피를 제공해 투자하는 형식으로 합작한 사업체다.

사실 처음에는 그저 한류 스타인 수현의 명성을 이용하려는 측면이 컸는데, 막상 뚜껑을 열어보니 전혀 그렇지 않았다.

아이돌 가수이면서도 배우인 수현이 그렇게 요리를 잘할 줄은 메이링이나 친구들은 전혀 상상도 하지 못했다.

수현의 요리 솜씨는 미식가인 자신의 아버지는 물론이고, 현 중국 국가 주석인 시평안과 그의 부인의 입맛까지 사로잡았다.

그 때문에 '황찬'은 승승장구하여 현재 중국 내 13개 성의 주요 도시에 모두 진출하여 성황을 이루고 있다.

비단 중국뿐만이 아니다.

현재 한국에도 황찬의 이름을 내건 음식점이 오픈하여 영업 중이고, 로열 가드와 수현의 인기가 아주 높은 필리핀과 태국, 그리고 베트남에도 현재 사업자와 현재 막바지 협상을 벌이고 있었다.

세부 조율만 끝나면 아마 3월에서 늦어도 5월쯤에는 세 나라에도 황찬이 영업을 시작할 것이다.

거기에 더해 수현의 인기가 상승하고 있는 미국에도 황찬이 들어간다.

일단 수현이 출연하는 드라마의 배경인 뉴욕과 아시아인 들이 많이 진출해 있는 LA에 오픈할 예정인 것이다.

순조롭게 진행된다면 올여름이 되기 전에 미국에 가게를 낼 수 있을 것이었다.

아마 황찬을 미국에 오픈하게 되면, 하나의 센세이션을 불러일으킬 것이다.

수현은 톱스타이면서도 동시에 훌륭한 요리사이기도 했다.

그가 만든 요리를 맛본 사람들은 하나같이 찬사를 쏟아냈다.

뿐만 아니라, 수현이 만든 레시피에 더욱 놀라움을 금치 못했다.

그도 그럴 것이, 한 사람에게 그렇게 많은 재능이 있다는 것에 놀라지 않을 수가 없는 것이다.

수현은 노래와 춤은 기본이고, 연기에도 최고의 재능을 보였다.

하지만 이는 서로 비슷한 업종이니 그렇다고 할 수도 있었다.

그랬기에 수현이 아니더라도 춤과 노래, 그리고 연기에 재능을 보이는 사람은 더러 있었다.

그런데 수현은 그 정도가 아니었다.

뛰어난 무술 실력과 10여 개가 넘는 외국어를 자유자재로 구사하는 언어 능력, 거기에 전문 요리사 뺨치는 요리 실력까지… 알려진 재능만 해도 열 손가락이 모자랄 지경이다.

하지만 수현의 장점은 그게 끝이 아니었다.

작년 가을, LA 동물원에서 살인 곰이라 불리는 그리즐리 베어의 우리에 빠진 소년을 구해냈다.

당시 곰은 흥분한 상태에서 소년을 공격하려고 접근하던 중이었는데, 그 사이에 수현이 뛰어든 것이다.

아무리 용기 있고 정의감 넘치는 사람이라 해도 순간적으로 망설일 만큼 위험한 상황.

일반인이라면 곰의 사나운 기세만으로도 얼어붙을 터인데, 수현은 아무런 망설임도 없이 뛰어들어 소년을 구출한 것이니, 이 얼마나 영웅적인 행동인가.

그 때문에 미국인들은 물론이고, 소식을 접한 사람들은 하나같이 수현을 경탄해 마지않았다.

자칫 불상사라도 벌어졌다간 목숨을 잃을 수도 있는 위험천만한 행동이었다.

대체로 연예인은 얼굴로 먹고산다는 말이 있다.

아무리 노래를 잘하고 춤을 잘 춰도 외모가 어느 정도 받쳐 주지 않으면 큰 인기를 얻지 못한다.

미국에서의 수현은 K—POP 팬들 외에는 그리 알려지지 않았지만, 아시아나 유럽에서는 이미 명성이 자자하였다.

그런데 만약 부상이라도 당해 얼굴에 지워지지 않을 상처를 입는다면, 이는 인기에 막대한 영향을 줄 만큼 위험천만한 일이었다.

하지만 그런 고민은 수현에게 전혀 없었다.

미래에 대한 이익을 따지지 않고, 오로지 정의감만으로 소년을 구하는 존재.

그게 바로 수현이었다.

게다가 그건 결코 무모한 행동이 아니었다.

기세만으로 사나운 곰을 눌러 버린 무도가.

동양의 신비라 느껴지는 기를 수련한 마스터, 수현에 대해 남녀 불문하고 열광했다.

그러면서 한목소리로 외쳤다.

신이 한 사람에게 너무나 많은 재능을 주었다고.

수현에 대한 정보가 널리 퍼져 나가면서 그의 선행이 처음이 아니라는 것도 알려졌다.

몇 해 전, 동남아시아를 덮친 쓰나미 사태에서 위기에 빠진 소녀를 구했다는 소식마저 접하게 되자, 누구나 수현을 슈퍼 히어로라고 인정했다.

알면 알수록 사람들은 수현에게 더욱 빠져들었고, 그 와중에 수현이 연구한 레시피로 만든 요리를 찾아 그 맛에 열광을 하였다.

그것이 황찬의 성공 신화로 이어지기도 했고.

그런 의미에서 메이링은 수현을 만난 것이 조상의 음덕이고, 또 신이 자신을 축복한 것이라 생각했다.

하지만 한편으로는 그와 맺어질 수 없는 자신의 처지에 절망했다.

그런데 그것이 친구들과 함께 술을 먹다 보니 더는 참지 못하고 터져 버린 것이다.

억눌러 둔 감정이 친구들의 부추김과 술에 취했다는 변명이 어우러지면서 메이링의 이성을 한순간 흔들어 버린 것이었다.

그 결과, 메이링은 급격히 치솟는 감성 때문에 무작정 수현에게 전화를 걸었다.

그때는 이미 그녀의 머릿속에 수현이 뉴욕에 있고, 시차가 상당하다는 것도 전혀 남아 있지 않았다.

결국 일은 벌어졌고, 이렇게 지금에 와서 후회를 하는 것이었다.

"어떻게 해, 어떻게 하지? 내가 미쳤지, 미쳤어!"

쿵, 쿵.

모든 기억이 떠오른 메이링은 이마로 책상을 들이받으며 한동안 자해를 했다.

"메이링, 이미 엎질러진 물이야. 사과를 해야 해!"

메이링은 스스로에게 다짐하듯 훈계를 했다.

스카라이트

"후우……."

책상에 놓인 자신의 휴대폰을 잠시 쳐다보던 메이링은 크게 심호흡을 하였다.

그러고는 휴대폰의 화면을 지그시 쳐다보다 이윽고 결심을 굳혔는지 단호하게 전화를 걸었다.

잠시 신호가 가더니, 이내 누군가가 전화를 받았다.

"오빠, 저예요. 메이링!"

— …응. 메이링이니?

메이링은 오직 사과를 하겠다는 일념만으로 굳세게 전화를 걸었지만, 사실 이것도 큰 실수였다.

뉴욕과 텐진의 시차는 열다섯 시간.

수현은 지금 잠을 자다 새벽 시간에 잠에서 깨 전화를 받은 것이다.

잠에 취한 수현의 목소리에 그제야 실수를 깨닫는 메이링이었다.

"어머, 죄송해요. 제가 또 실수를 했네요. 새벽에 술에 취해 실수를 한 것 같아 사과하려고 전화를 드린다는 것이……."

— 아니야. 당황하면 그럴 수도 있지. 그리고 전화 줘서 고마워. 갑자기 전화가 끊겨서 걱정했거든.

"아니에요. 주무시는 걸 깨운 것 같으니, 나중에 다시 전화드릴게요."

메이링은 수현의 목소리가 그리 화난 것 같지 않아 보여 속으로 안도하며 얼른 통화를 끝냈다.

평소 빠릿빠릿한 자신이 연거푸 실수를 저지르는 걸 보니, 수현이 다른 여자를 만난 것이 어지간히 충격이었던 것만은 맞는 것 같았다.

그렇게 메이링은 자신이 수현의 일에 관해선 이성적인 판단을 내리지 못한다는 것을 다시 한 번 깨닫고 어금니를 깨물었다.

그동안 수현과 함께한 시간들을 떠올리며, 그럼에도 수현과는 이루어질 수 없는 사이란 사실이 가슴을 아프게 헤집었다.

다시 한 번 현실을 깨달은 메이링이 문득 창밖을 바라보았다.

한겨울의 을씨년스러운 도시 풍경이 마치 자신의 마음을 보는 듯해 가슴이 아려왔다.

"이젠 접어야 하겠지."

수현의 목소리를 들으니 너무도 반가웠지만, 이제 수현에게 새로운 연인이 있다.

더 이상의 애매한 관계를 더 유지할 핑계가 사라진 것이다.

천에 하나, 만에 하나 애인이 없는 상태였다면 작은 꿈이라도 꿔볼 수 있겠지만, 이제는 아니다.

스타라이트

아무리 수현이 좋더라도 두 번째는 싫었다.

"이젠 안녕, 오빠."

애써 마음을 정한 메이링은 창밖을 보며 한 줄기 눈물을 흘렸다.

Chapter 5
준비

드라마 촬영을 들어가는 3월 전까지는 수현에게 주어진 휴식이라 할 수 있었다.

작년 가을부터 종종 TV 출연을 하며 모습을 보이긴 했지만, 본격적으로 미국 연예계에 진출을 한 것이 아니었다.

수현을 보조해 줄 미국 측 에이전시도 없어 울프 TV에서 잡아준 프로그램 몇 개에 출연하는 식의 주먹구구 활동이었다.

사실 킹덤 엔터에도 수현의 미국 TV 프로그램에 적극적으로 출연을 시킬 수 없는 사정이 있었다.

그것은 바로 중국에서의 드라마 촬영을 마치고 한국에 돌아왔으면서도 전혀 활동을 하지 않았는데, 그때 내세운 명분이 왕푸첸에게 당한 총격의 후유증을 치료하기 위한 요양이었다.

그러는 사이, 최유진의 재혼 소식이 전해지면서 수현이 미국으로 간 것으로 되어 있었다.

그런데 설마 수현이 미국에서 대형 사고를 칠 줄은 그 누구도 예상하지 못했다.

평소 정의감이 강하고 또 남을 돕는 것을 당연시 여기는 수현이라면 몸이 조금 불편하더라도 분명 소년을 구할 거란 정도는 당연히 예상할 수 있는 일이지만, 설마 그런 일이 실제로 벌어지리라 누가 상상이나 했겠는가.

수현이 곰 우리에 떨어진 소년을 구하기 위해 뛰어들었다는 뉴스를 접한 이재명 사장이나 킹덤 엔터의 임직원들은 모두 깜짝 놀랐다.

기껏 요양 겸 휴가를 보내놨더니 위험천만하게 곰 우리에 뛰어들었다니, 아니 놀랄 수 있겠는가.

그로 인해 로열 가드와 수현의 팬들에게 이재명 사장 이하 킹덤 엔터는 무지하게 욕을 먹었다.

물론 이재명과 킹덤 엔터 임직원들이라고 할 말이 없는 것은 아니다.

휴가 기간에 어떻게 시간을 보내느냐는 전적으로 그 본인에게 달린 문제다.

기획사나 매니저들이 일일이 따라다니며 간섭을 하는 데는 한계가 있을 수밖에 없다.

물론 그렇다고 해서 마냥 손 놓고 놀고 있는 것은 아니다.

컴백을 할 때 어떤 방향으로 업무를 시작할지, 또 활동 기간 동안의 성과와 어떤 점을 개선해야 할지 회의를 하며 바쁘게 시간을 보낸다.

그런데 그 중요한 시기에 수현이 혼자 외국에 나가 사고를 쳤으니, 킹덤 엔터로서는 억울한 일이 아닐 수 없었다.

결국 김재원 전무가 급히 미국으로 날아갔다.

울프 TV를 비롯한 여러 언론에서 수현을 찾기 시작하면서 수현이 소속된 킹덤 엔터에도 연락이 왔기 때문이다.

사실 킹덤 엔터도 언젠가는 할리우드나 빌보드에 진출하기 위해 미국 법인을 설립했다.

하지만 재작년에 터진 스캔들로 인해 킹덤 엔터의 대규모 프로젝트들이 모두 무산되었다.

뿐만 아니라 정치권의 외압에 의해 회사 소속 연예인들이 견디지 못하고 이탈하면서 사정이 더욱 어려워졌다.

그 과정에서 전혀 수익을 내지 못하고 있는 미국 법인을 그냥 둘 수는 없었다.

이전처럼 한국에서 수익이 어느 정도 보장될 때야 상관이 없겠지만, 소속 연예인들도 줄고, 미국 진출이 언제 가능할지 모르는 시점에서 계속해서 돈만 까먹고 있는 미국 법인을 유지한다는 것은 말도 되지 않는 일이기에 과감하게 접었다.

하지만 새옹지마라는 말처럼 뜻하지 않게 수현이 미국에서 방송에 출연하는 일이 발생한 것이다.

더욱이 조건도 좋았다. 미국 전역으로 방송을 송출하는 울프 TV와 출연 계약을 맺게 되었는데, 수현의 재능을 알아본 울프 TV 측에서 먼저 수현에게 드라마 출연 요청까지 하였다.

물론 처음 시작하는 드라마의 카메오 출연이기는 하지만, 킹덤 엔터나 수현에게는 뜻밖의 호재였다.

사실 이때까지의 수현의 사정이 그리 좋지만은 않았다.

스캔들로 인해 한국에서의 방송 활동을 하지 않겠다는 선언을 했기 때문에 중국에서만 활동을 했다.

물론 그 와중에 더욱 인기도 끌고 출연한 드라마도 성공을 거두었다.

수현과 인연을 맺은 중국인들은 무척이나 예의 바르고 친절했다.

거기에 중국 내 핵심적인 권력층이라 수현이 본격적으로 활동을 한다면 충분히 도움이 될 수 있었다.

하지만 중국에서도 트러블에 휘말리고 말았다.

비록 수현의 잘못은 아니지만, 어찌 되었든 악연이 만들

어진 것이다.

만약 수현이 아닌 다른 사람이었다면 꼼짝없이 변을 당했을 것이다.

총에 맞아 목숨을 잃었을 것이고, 그 사건은 뉴스에 잠깐 보도되다 잊혀졌을 것이 분명했다.

하지만 수현에 의해 납치 계획은 수포로 돌아가고, 악연을 맺은 왕푸첸은 형장의 이슬로 사라졌다.

만약 그 현장에 텐진시 시장의 딸인 메이링이 함께 동승하고 있지 않았다면 어떻게 판결이 바뀌었을지 모르지만, 왕푸첸의 불행은 현장에 메이링이 이번에도 함께 있었다는 것이다.

한 번도 아니고, 납치 미수에 이어 살인 미수까지 벌인 왕푸첸의 배경이 아무리 대단하다고 한들 이번에는 빠져나가지 못했다.

그도 그럴 것이, 수현이 총에 맞았다는 소식을 들은 로열 가드와 수현의 팬들이 들고일어났기 때문이다.

팬들은 수현이 입원한 병원과 왕푸첸의 회사 앞에 몰려가 연일 고함을 지르며 시위를 했다.

공산당의 입장에서 이런 집단행동은 무척이나 위험한 일이다.

아무리 강력한 통제를 한다고 해도 집단의 행동이 어떤 방향으로 벌어질지 예상할 수 없기 때문이다.

수현에게 테러를 왕푸젠의 집안에 대한 항의 시위가 언제 어느 때 정부에 대한 항의 시위로 바뀔지 모르기 때문이다.

더욱이 사건을 일으킨 왕푸첸이 집안의 힘을 써서 부녀자 납치라는 범죄를 벌이고도 버젓이 풀려나 돌아다니다 테러를 일으킨 것이 아닌가.

그러니 자칫 잘못하다는 반정부 시위로 변모될 수도 있어 이례적으로 왕푸첸의 사건을 빠르게 진행을 마무리했다.

그 결과, 테러 모의를 하고 실행까지 한 왕푸첸과 그 일당은 전원 사형이 언도되면서 신속하게 집행이 이루어졌다.

결국 수현은 출연한 드라마와 메이링과 함께한 합작 사업이 성공을 거두며 탄탄대로를 닦았지만, 중국이란 나라에 흥미를 잃어버렸다.

잠깐잠깐 출연을 하는 스케줄이라면 모르지만, 드라마 촬영과 같은 장기 체류를 하는 스케줄은 그리 끌리지 않았다.

그러던 중에 울프 TV로부터 받은 드라마 출연 제안은 무척이나 마음에 들었다.

연예인으로서 누구나 꿈꾸는 최종 목표는 바로 미국 진출이다.

시장 규모면에서 그 어느 나라도 아직 미국을 따라가지 못한다.

가장 큰 명성과 돈이 움직이는 곳.

수현도 언젠가는 미국에 진출하겠다는 다짐을 하고 있었

는데, 뜻하지 않게 기회가 찾아온 것이다.

이런 우여곡절 끝에 킹덤 엔터가 내세운 수현의 테러 후유증 치료라는 명분은 흐려질 수밖에 없었다.

그런데 수현의 미국 방송 활동은 의외로 쉽게 넘어갔다.

그도 그럴 것이, 소년을 구한 수현의 영웅적인 행동이 국위 선양의 하나로 받아들여진 것이다.

그로 인해 수현에게는 일명 까방권(까임 방지권)이란 것이 주어졌다.

몇 년 전, 인도네시아에서 쓰나미 파도에 휩쓸린 소녀를 구했을 때와 마찬가지로.

예전, 최유진과의 스캔들이 터졌을 때는 그리 큰 효력을 발휘하지 못했다.

그도 그럴 것이, 두 사람의 스캔들은 정치권에서 조작한 사건이다 보니 너무도 치밀했고, 또 치졸했다.

자신들의 비리를 숨기기 위해 가장 핫한 스타의 지저분한 스캔들을 이용하려고 했지만, 당시에 자신들의 잘못을 덮을 만한 일이 없자 찌라시 기자가 쓴 근거 없는 사건을 더욱 지저분한 사건으로 만들어 버린 것이다.

그러다 보니 정치권과 정치권의 압력에 굴복한 언론이 조작된 사건을 만들어 수현과 최유진을 덮쳤다.

그 와중에 아무것도 모르는 일반인들은 조작된 스캔들을 사실이라 믿었다.

연예인의 스캔들을 조작하기 위해 그렇게 많은 언론이 담합했을 것이라고는 아무도 상상조차 못했기에 그러한 것이다.

나중에서야 그 모든 것이 정치인들이 권력을 이용해 조작한 사건임이 밝혀지며 조용해진 것이지, 만약 그러한 내용이 밝혀지지 않았다면 아마 수현이나 킹덤 엔터는 더 이상 대한민국에서 활동을 하지 못했을지도 몰랐다.

아니, 못했을 것이 분명했다.

사필귀정, 정의는 언젠가는 밝혀진다고 했던가.

스캔들을 조작한 언론사와 정치인들의 정체가 밝혀지면서 그들은 심판의 철퇴를 받았다.

킹덤 엔터는 최유진과 수현의 위임을 받아 스캔들을 조작한 장본인과 언론사들을 상대로 손해배상 소송을 벌였고, 또 이 과정에서 스캔들 조작에 가담한 정치인들은 정치생명을 잃고 퇴출되었다.

물론 그들은 순순히 잘못을 받아들이지 않았지만, 여론이 그냥 놔두지 않았다.

방송이나 신문은 마녀사냥 하듯 최유진과 수현을 몰아붙인 원죄를 면피하고 싶다는 생각으로 희생양을 찾았다.

그렇게 해서 눈에 띈 것이 바로 언론에 압력을 행사한 정치인들이다.

이전에야 그들의 눈치를 살펴야 했지만, 이번에는 아니

스타라이트

었다.

국민의 힘을 얻어 언론은 그동안 정치인들에게 당한 울분을 펜에 담아 날카롭게 파고들었다.

조금만 차분하게 당시의 상황을 돌아보았다면 이렇게까지 되지 않았을 것이지만, 이미 버스는 지나갔다.

아시아의 여왕이라 불리던 최유진은 이혼을 하면서 얻은 우울증이 악화되면서 연예계를 은퇴하고 한국을 떠났다.

또 최정상 아이돌 그룹의 리더인 수현은 한국에서의 활동을 전면 중단하겠다는 폭탄선언을 쏟아냈다.

이때만 해도 아직 조작된 스캔들을 믿는, 몇몇 정신 나간 이들에 의해 악성 댓글이 달리기도 했다.

즉, 몇 년 전 영웅적인 행동으로 얻은 까임방지권, 일명 까방권이 유명무실해진 것이다.

그런데 또 1년이 지나 수현의 영웅적인 일이 세계적으로 유명한 외국 언론에서 흘러나오자, 사람들은 그제야 깨달았다.

작년, 킹덤 엔터와 수현이 발표한 것들이 모두 사실이고, 자신들은 큰 실수를 저질렀다는 것을 말이다.

아닌 말로, 어떤 정신 나간 사람이 위기에 빠진 소년을 구하기 위해 곰 우리에 뛰어든단 말인가.

이건 평소 지니고 있는 가치관이 너무도 확고하기에 본능적으로 움직일 수밖에 없는 것이다.

몇 년 전, 쓰나미에서 소녀를 구한 것처럼 수현의 올곧고 정의로운 본질이 잘 드러난 일면이었다.

 이후 수현에게 악플을 다는 행위는 민족을 일본에 팔아먹은 을사오적과 같은 취급을 받게 되었다.

 덕분에 킹덤 엔테도 조금 편하게 일을 진행할 수 있게 되었다.

 여론이 이제는 자신들을 편을 들어주니, 다시 전면에 나서 활발하게 행보를 내디디며 미국 법인을 다시 설립하였다.

 당연한 일이지만, 킹덤 엔터의 미국 진출 1호 연예인은 수현과 로열 가드로 결정됐다.

 사실 현재 미국에 진출해 성공할 확률을 가진 게 로열 가드밖에는 없다는 게 현실이긴 했지만.

 냉정하게 따지자면, 로열 가드 역시 리더인 수현의 버프를 받아 그나마 미국 진출이 가능한 것이지, 사실 그러지 않았다면 애당초 불가능한 일이었다.

 그도 그럴 것이, 한국인과 미국인들이 좋아하는 음악적 특징이 다르기 때문이다.

 전체적인 멜로디의 흐름을 중요시하는 한국과 다르게 미국인들은 대개 강렬한 비트와 역동적인 리듬을 선호한다.

 그러니 한국 아이돌은 잠깐 주목을 모을지는 몰라도 어느 정도 이상의 관심을 끌지는 못한다.

하지만 좋은 음악은 국경을 초월한다고 했던가.

수현이 작곡한 곡이 존 존스를 통해 미국에서 인기를 끌면서 가능성을 보았다.

물론 약간의 편곡이 이루어지긴 했지만, 그리 크게 변한 것은 없었다.

즉, 현지화 작업을 조금 거친다면 충분히 로열 가드의 음악이 통한다는 이야기나 마찬가지였다.

그렇기에 킹덤 엔터에서는 몇 년 후에나 기획하던 미국 진출을 앞당긴 것이다.

물 들어올 때 노 저으라고 했던가.

로열 가드의 리던 수현에 대한 인기가 계속해서 오르고 있는 상태에서 그가 속한 아이돌 그룹이 미국에 데뷔한다면?

킹덤 엔터의 임직원이나 이재명 사장은 충분히 가능성이 있다 판단을 내리고 모험을 시도했다.

그리고 이번 킹덤 엔터의 미국 법인에는 수현도 일정 부분 투자를 했다.

중국에서 벌어들인 드라마 출연료와 광고 수익, 그리고 황찬이 성황을 이루면서 수현도 상당한 재산을 형성하였다.

그랬기에 수현의 투자는 큰 부담 없이 이루어졌다.

울프 TV과 손을 잡고 만들다 보니, 킹덤 엔터의 미국 법인은 너무도 쉽고 빠르게 자리를 잡았다.

이미 한 번 법인을 설립한 경험이 있어 그런지, 시행착오 없이 일이 착착 진행되었다.

수현을 제외한 다른 로열 가드 멤버들은 LA에 있는 지사로 출근하며 미국 데뷔에 맞춰 구슬땀을 흘리고 있다.

물론 수현도 드라마 촬영을 마치고 뉴욕 숙소로 돌아오면 로열 가드의 안무를 연습했다.

물론 혼자 하는 것이라 그리 능률적이지는 않지만, 수현은 땀과 열정으로 부족한 부분을 보완했다.

그러다 한 달에 한 번씩 멤버들이 뉴욕으로 넘어와 연습 성과를 함께 점검했다.

어제는 마침 드라마 촬영이 없었기에 멤버들과 합을 맞춰 볼 수 있었다.

로열 가드의 안무를 담당하던 트레이너는 사실 많은 걱정을 하였다.

다른 멤버들과 떨어져 있던 기간이 길다 보니 혹시나 호흡이 맞지 않으면 어쩌나 싶은 것이었다.

그렇지만 트레이너의 우려는 그야말로 기우에 지나지 않았다.

리더답게 수현은 기존의 군무를 완벽하게 소화한 것은 물론이고, 자신이 참여하지 않은 앨범의 안무도 아무 실수 없이 완벽하게 보여주었다.

그 모습은 트레이너뿐만 아니라 킹덤 엔터의 미국 지사에서 나온 직원과 총괄 매니저인 전창걸까지, 모두를 깜짝 놀라게 했다.

수현이 엄청난 재능을 가지고 있다는 것은 이미 진즉부터 충분히 인식하고 있었지만, 이렇게 완벽할 줄은 상상도 못 했다.

그리고 그건 다른 로열 가드 멤버들도 마찬가지였다.

이전 앨범이야 함께 땀을 흘리며 고생을 했으니 당연하다고 생각했지만, 이건 정말 아니었다.

사실 작년에 수현 없이 컴백해서 예전만 못하다는 소리를 듣지 않기 위해 멤버들은 전보다 더 피나는 노력을 기울였다.

그랬기에 로열 가드의 전부라 해도 과언이 아닌 기사단장 수현이 빠졌어도 성공적인 컴백을 할 수 있었다.

그래서인지 로열 가드의 멤버들은 은연중 자만심이 생겼다.

비록 수현만큼은 아니더라도 나름대로의 성공을 거두었으니 많이 따라갔다고 말이다.

이는 어쩔 수 없는 현실이기도 했다.

로열 가드 멤버들의 마음속에는 수현에 대한 존경심이 크게 자리하고 있지만, 한편으로는 수현에게 묻어간다는 자격지심도 있었다.

막말로 악플러들이 로열 가드를 공격하는 단골 소재가 바로 그런 것들이었다.

그런데 작년에 나온 앨범의 성공으로 어느 정도 그런 감정이 사라지는 듯싶었지만, 이번에 수현의 안무를 보고 나서 어쭙잖은 자만심이 한순간에 와르르 무너졌다.

역시 기사단장은 기사단장이었다.

아무나 기사단장이라 불리는 것이 아니란 생각이 들 정도로 수현은 완벽했다.

사실 수현이 참여하면서 작년 컴백 당시와 다르게 약간 안무가 변형되었다.

수현이 부상당하기 전, 원래의 버전으로 돌아간 것이다.

그 때문인지 멤버들은 간간이 작은 실수를 하기도 했다.

몇 가지 동선이 바뀐 탓이다.

그런데 수현은 1년여를 그냥 혼자 보냈음에도 불구하고 완벽한 안무를 보여주었다.

수현이 한 것이라고는 한 달 정도 홀로 떨어져 연습을 한 게 전부였다.

그런데 1년 만의 테스트에서 이처럼 완벽한 모습을 보여주었으니, 이 얼마나 경악할 일인가.

"쩝쩝… 형, 어떻게 하면 형처럼 할 수 있는 거야?"

윤호는 밥을 먹다가 문득 어제의 합동 연습을 떠올리며 물었다.

"야, 더럽게. 다 먹고 말해!"

오대영은 윤호가 밥을 먹다 말고 떠드는 통에 음식물이 튀어 나오자 사납게 쏘아붙였다.

"쏘리."

쿨하게 사과를 한 윤호는 여전히 기죽지 않은 모습으로 수현에게 거듭 물었다.

"으으……."

미안함이라고는 1도 담겨 있지 않은 사과에 오대영은 주먹을 불끈 쥐고 부르르 떨었다.

평소에는 까불다가도 자신이 화를 내며 바로 조용해지던 윤호가 수현과 함께 있을 때면 저렇게 말을 듣지 않았다.

한때는 그것 때문에 오해가 생겨 관계가 좋지 못할 때도 있었다.

하지만 아버지 없이 자란 윤호가 모든 부분에서 완벽한 수현에게서 아버지의 그림자를 보는 것 같다는 상담사의 이야기를 매니저에게 전해 듣고 나서는 어느 정도 이해를 하게 되었다.

킹덤 엔터에서는 소속된 연예인들의 정신 건강을 위해 정기적으로 심리치료를 받게 하였다.

이는 연예인이라면 직업병과도 같은 우울증에 시달리지 않도록 의무 사항으로 계약서에 기입되어 있었다.

최유진의 경우에서 볼 수 있듯이 아무리 인기의 최정상에 있다 해도 정신적인 문제를 겪을 수 있기 때문이다.

하지만 처음에는 그 문구 때문에 계약을 꺼려하는 이들도 많았다.

지금이야 정신과 치료에 대해 사회 전반적으로 개의치 않는 분위기이지만, 킹덤 엔터의 설립 초기만 해도 정신과 의사를 만나 상담을 받으면 정신병 환자로 여겨지기도 했다.

그때 나온 것이 외국 유명 대학에서 발표된 연구 논문이었다.

현대인들은 알게 모르게 정신병을 앓고 있으며, 이는 성공에 대한 열망과 바쁜 생활 패턴, 그리고 군중 속에서의 고립감 등으로 인해 많은 스트레스를 받는다는 것이다.

당연히 스트레스가 쌓이고 증세가 심화되면 우울증으로 발전하게 된다는 것이 논문의 주 내용이었다.

이런 문제를 방지하기 위해선 주기적으로 마음을 터놓고 이야기할 만한 존재가 필요하다.

하지만 바쁜 현대인들에게 한가하게 상담을 받는다는 것은 쉽지 않은 일이다.

더욱이 주변 모두가 경쟁자라고 어려서부터 주입식 교육을 받은 한국인들에게 흉금을 털어놓을 만한 존재를 찾는 것은 더욱 쉬운 일이 아니다.

사실 정신과 의사나 심리 치료사 같은 특별한 사람이 필요한 것이 아니다.

만나서 아무런 근심 없이 수다를 떨 수 있는 존재, 소위 말하는 친구가 필요한 이유다.

치열한 입시 경쟁에서 하나둘 친구를 잃어가고, 어느 정도 나이를 먹고 인생을 되돌아봤을 때 주변에 사람 하나 없는 현실.

그것이 바로 현대 사회의 가장 큰 병폐를 야기하는 것이다.

인간 간의 소중한 관계가 없으니 남의 고통을 이해하지 못하고, 자신의 괴로움도 말 못하게 되는 것이다.

어느 분야나 다 그렇겠지만, 연예계 역시 그러한 경쟁이 가장 치열한 업계 중 하나이다.

그러다 보니 진정한 친구를 갖기란 쉽지 않다.

다른 이의 추락이 나의 성공이나 다름없으니, 남을 모략하고, 질시하고, 헐뜯는다.

그와 동시에 스스로의 정신마저 병들어간다.

킹덤 엔터의 이재명 사장은 이런 현실을 일찌감치 인정하고, 가장 먼저 정신과 진료의 필요성을 느껴 회사 운영에 도입하였다.

이후, 킹덤 엔터 소속 연예인들의 재계약 비율이 높아졌다.

보통 한 소속사에 오래 있는 연예인들도 있긴 하지만, 대체로 어느 정도 성공을 거두면 다른 기획사로 옮기는 이들이 많다.

인지도가 오르면서 그만한 대가를 바라게 되는데, 기존 소속사보다 연예인을 빼내려는 기획사들이 높게 부르는 것은 당연하다.

그러니 연예인들도 이때를 노려 자신의 몸값을 올리려 애를 쓰는 것이다.

물론 이런 계약금도 사실 어찌 보면 빚이다.

일부 기획사는 많은 계약금을 주는 대신 조건을 충족시키지 못하면 결코 그 회사에서 벗어날 수 없게 한다.

일종의 노예 계약인 것이다.

하지만 연예인들은 그런 빚 또한 자신의 가치라고 생각하기에 일부러 계약금을 높이는 경우도 있다.

물론 서로의 합이 맞아 빠르게 성공을 거두면 더할 나위 없이 좋은 일이 되겠지만, 그런 경우는 극소수에 불과하다.

대부분의 연예인이나 연예인 지망생들이 헛된 꿈에 인생을 바치다 쓸쓸하고 비참한 삶을 살아가게 되는 것이다.

그런데 킹덤 엔터에서 소속 연예인들에 대한 카운슬링을 하고 난 후로 재계약의 비율이 높아졌다.

물론 연예인의 가장 우선순위가 인기와 돈이라지만, 카운슬링을 통해 마음의 여유와 안정을 갖게 되면서 킹덤 엔터에 대한 신뢰를 갖게 되었기 때문이다.

일이 그렇게 흘러가자 다른 기획사에서도 킹덤 엔터를 따라 하기 시작했다.

물론 현실은 그리 바라는 대로만 이루어지지는 않지만.

모든 게 순리대로 돌아간다면 지난날 스캔들 사건 이후, 연예인들이 떠나는 일이 없어야 하겠지만, 그들도 먹고살아야 하니 어쩔 수는 없는 일이었다.

누구나 올바르게 살아가는 것은 아니니 말이다.

어쨌든 윤호의 그런 사정을 알기에 군기반장이라 할 수 있는 대영도 더 이상 뭐라 하지는 않았다.

수현 역시 윤호가 궁금해 하는 데 대해 차분하게 설명을 해주었다.

"별거 없어. 너희도 들어는 봤을 거야. 연상 학습법이라고……."

물론 그것이 전부는 아니지만, 그렇다고 수현 자신에게 적용되고 있는 인생 게임, 스타 라이프에 대한 비밀을 말할 수는 없지 않은가.

더욱이 그런 사실을 말한다고 해서 곧이곧대로 믿어줄 사람도 없을 것이다.

아니, 오히려 믿는 사람이 있다면 그게 더 심각한 일이다.

수현을 연구하겠답시고 달려들면 어쩌란 말인가.

현재 수현은 신체 능력만 놓고 봐도 작년 동물원에서 마주한 케빈(곰)보다 못하지 않았다.

근력이야 약간 떨어질지 모르지만, 다른 부분에서는 그 이상의 능력을 보일 것이다.

사실 사람들의 잘못된 인식 중 하나가 바로 곰이 느리고 미련하다는 것이다.

이는 모 애니메이션에서 나오는 곰이 보여주는 이미지 때문이다.

실제로 곰은 무척이나 빠르고 민첩하다.

나무도 잘 타고, 죽은 척해도 안 속는다.

괜히 곰을 만나 쓸데없는 지식에 따르면 그대로 인생 하직이다.

야생의 곰이 상위 포식자로 군림을 하는 데는 다 이유가 있는 것이다.

뿐만 아니라 곰은 머리도 좋다. 그래서 함정을 파기도 하고, 때로는 도구를 이용해 먹이를 잡기도 한다.

물론 곰이 인간보다 똑똑하다는 건 아니지만, 종합적인 능력만을 따져 봤을 때, 곰이 인간보다 훨씬 강한 상위 포식자라는 거다.

그런데 수현과 비교를 하면 그런 곰조차도 상위 포식자라고 말할 수 없다.

실제로 흥분해서 달려들던 케빈이 수현의 살기에 슬그머니 꽁무니를 뺀 것도 자신보다 상위 포식자란 것을 인지했기 때문이다.

만약 수현의 기세가 약하거나 비슷했다면 아마 치열한 싸움이 벌어졌을 것이다.

그러니 그런 능력을 수현에게 선사해 준 인생 게임, 스타 라이프는 죽을 때까지 비밀로 가져가야 할 사항이다.

멤버들에게도 비밀로 하고, 자신을 잘 따르는 윤호에게도 원론적인 대답만을 해줄 수밖에 없는 이유였다.

당연하게도 원론적인 대답에 동의를 해줄 이는 아무도 없었다.

그런 대답대로라면 인간은 누구나 뭐든 다 할 수 있을 테니까.

"아니, 그게 말처럼 쉬우면 누가 고생을 하겠냐고."

"그렇지. 하여간 수현 형은 사기캐라니까."

"응? 그게 무슨 말이에요? 사기 캐릭이라니요?"

막 식당 안으로 들어오던 셀레나는 김성민의 말에 고개를 갸우뚱하며 물었다.

"어서 와요, 셀레나. 그게 무슨 말이냐 하면……."

성민은 자신들이 그동안 봐온 수현의 사기 같은 능력에 대해 마치 자랑하듯 떠들어 댔다.

"어머!"

셀레나는 이야기를 들으면 들을수록 감탄을 금치 못했다.

사실 외국어라면 그녀도 상당히 잘하는 편이다.

미국인이기에 기본적으로 영어는 하고, 히스패닉계라 스

페인어도 능숙했다.

해외 공연을 대비해 불어와 일본어도 통역 없이 대화가 될 정도는 할 수 있었다.

그것만 가지고도 셀레나는 상당히 뛰어난 경쟁력을 가지고 있는 셈이었다.

팬들은 자국 언어를 사용하는 해외 스타들에게 더욱 열광한다.

그게 미국이 되었든 유럽이든 중국, 일본 등… 세계 어느 나라를 불문하고 모든 팬들이 그렇다.

아니, 팬이 아니더라도 자국의 언어로 소통하려는 스타를 보면 팬이 될 수밖에 없다.

그만큼 자신들에게 관심을 가지고 있다는 것을 표현하는 것이나 다름없기에 그러한 현상이 생기는 것이다.

그런 면에서 4개국어를 할 수 있는 셀레나는 해외 활동에 유리할 수밖에 없다.

그런데 로열 가드의 멤버들은 모두가 최소 4개국어를 익히고 있었다.

영어는 기본이고, 세계적으로 널리 퍼진 언어인 불어와 스페인어도 능숙하게 구사할 수 있었다.

그것도 자신처럼 어설픈 정도가 아니라, 읽고 쓰는 것까지 가능한 수준이었다.

그런데 더욱 놀라운 것은 수현이었다.

스타라이프

이제는 연인이 된 수현의 언어 능력은 그녀를 경악하게 만들었다.

세계 각국의 대표적인 언어는 물론이고, 아프리카의 수많은 토속어도 대부분 알고 있다는 것이었다.

그뿐만 아니라 몇 시간 만에 새로운 언어를 익힐 수 있을 정도라는 말에 놀라 수현을 돌아보았다.

"수현, 저 말이 사실이야?"

"으응, 아프리카 토속어를 많이 알기는 하지만… 그 정도는 아니야."

수현은 셀레나가 자신을 돌아보며 놀란 표정을 감추지 못하자 가벼운 미소와 함께 대답을 해주었다.

"그나저나 아직 점심 전이면 함께 먹는 것이 어때?"

수현은 테이블 위에 놓인 음식들을 가리켰다.

빵집에서 사 온 빵과 버터는 물론이고, 수현이 식당 주인에게 부탁하여 직접 만든 요리도 몇 가지 놓여 있었다.

사실 주방을 빌리는 일은 좀처럼 허용되는 일은 아니지만, 이곳 식당 주인이 수현의 팬이었기에 가능했다.

그리고 보니 식당 입구에서 들어서면 정면으로 보이는 커다란 기둥에는 수현과 식당 사장, 그리고 직원들이 함께 찍은 사진이 걸려 있었다.

수현이 이곳 식당의 음식을 마음에 들어 해 자주 찾다 보니 주인과 친해져 자연스럽게 사진도 찍게 되었고, 자신이 찾을 때마다 서비스를 주니 수현도 너무 고마운 마음에 자신의 사진을 사용해도 좋다고 허락을 하였다.

식당 주인은 수현의 사진이 식당 기둥에 걸린 뒤로는 손님이 조금 더 늘었다고 자랑을 하기도 했다.

"어머, 그러지 않아도 수현과 함께 점심을 먹자고 하려고 했는데. 제가 껴도 괜찮나요?"

사실 외국에서는 식사 중간에 누군가가 끼어드는 것은 예의가 아니었다.

그러하기에 셀레나는 수현의 말이 고마우면서도 조심스럽게 로열 가드 멤버들을 돌아보며 물었다.

"셀레나 같은 미인이 함께 식사를 해주신다면 저희에게 영광이죠!"

박정수가 얼른 나서서 대답하며 그녀의 앞에 냅킨을 깔고 수저와 포크 를 세팅해 주었다.

그 과장된 모습이 웃겼는지, 셀레나는 유쾌하게 웃었다.

보통 이런 식당에서는 크게 웃는 것이 다른 사람에게 방해되는 행동이기에 조심을 해야 하지만, 손님 중 어느 누구도 셀레나의 웃음소리에 항의하지 않았다.

그저 로열 가드와 셀레나가 즐겁게 대화를 하는 모습을 조용히 지켜볼 뿐이다.

그리고 간간이 그 모습을 휴대폰으로 찍어 SNS에 올리는 이들도 있었다.

셀레나 로페즈와 로열 가드, 아니, 정확히는 연인이 된 수현의 모습을 올리며 같은 공간에서 함께 점심을 먹고 있다는 것을 자랑하는 것이었다.

그러니 셀레나가 크게 웃었다고 항의를 하는 일이 없는 것이다.

수현도 영웅적인 행동으로 미국인들에게 많은 사랑을 받고 있지만, 셀레나는 그전부터 유명한 슈퍼스타였다.

얼마 전, 저스트 비버와 헤어지며 미국 국민들에게 개념을 되찾았다는 인식을 받기도 했다.

그와 반대로 셀레나의 라이벌이라 할 수 있는 아리안 그레이스는 정반대였다.

그녀 역시 인형처럼 예쁜 외모로 큰 인기를 끌고 있지만, 점점 민폐, 밉상 연예인으로 자리매김해 나가고 있었다.

특히 요즘 그녀가 본인의 SNS에 올린 범죄 행위에 가까운 행동 때문에 더욱 이슈가 되고 있었다.

빵 가게에 들어가 주인 몰래 빵에 장난을 친다거나 자신보다 인지도가 낮은 연예인들을 대놓고 무시하는 것은 물론이고, 일반인들과 악담과 난투를 벌어는 것은 거의 일상이나 다름없었다.

그러다 보니 아름다운 외모와 노래 실력을 떠나 안티 팬을 늘려 나가는 것이었다.

개중에는 그런 또라이 기질이 좋다며 아리안을 추종하는

이들도 있지만, 그런 경우는 극히 일부였다.

그런데 웃긴 것은 두 사람 다 저스트 비버와 한때 사귀었다는 공통점이 있다.

현재는 각자 다른 사람과 연인이 되었지만, 그런 이유로 지금도 누가 어떤 일을 벌이면 두 사람의 이름이 함께 거론이 되곤 했다.

Chapter 6

홍보

로열 가드, 미국 상륙!

Gtvc뉴스 김동빈 기자. 입력 201X. 04. 27. 20:00 댓글 15,234개

한국 출신의 아이돌 그룹, 로열 가드가 201X년 5월 1일 미국에서 싱글 앨범을 정식으로 발매, 유통을 시작하였다.

그에 맞춰 울프 TV에서 방영되고 있는 TV 드라마 '시티 오브 가드' 시즌 2에 출연 중인 정수현 씨도 모든 촬영을 마치고 아이돌 가수로서의 활동을 시작한다.

정수현 씨는 201X년에 발생한 스캔들로 인해 국내 활동을 전면

중단하였다. 당시 그와 최고의 여배우 반열에 있던 최OO 씨 간의 나이를 초월한 스캔들로 인해 전국이 혼란에 빠져들기도 했다.

당시 정부의 조작 스캔들로 정수현 씨는 끊이지 않는 안티 팬들과의 싸움과 부도덕한 행태를 드러낸 언론사에 염증을 느끼며 국내 활동의 전면 중단 선언을 하고 중국으로 떠났다.

이후 정수현 씨의 행보는 가히 충격적이었다. 중국 텐진 TV가 방영한 드라마 '대금위' 에서 중국의 미남 배우 4천왕 중 한 명인 황카이와 이중 주연을 맡으며 열연하였고, 연말 시상식에서 신인상을 수상하는 쾌거를 거뒀다.

뿐만 아니라 정수현 씨는 중국에서 영웅적인 일화를 남기기도 했다. 드라마 촬영을 마치고 숙소로 돌아가던 길에 납치될 뻔한 여성들을 구출한 것이다.

이후 정수현 씨는 이들과 합자하여 한국에서 준비하던 음식 체인 사업을 성공시켰다.

호사다마라는 사자성어처럼 중국에서 승승장구를 하던 정수현 씨는 뜻하지 않은 사고를 당하게 되었지만, 그에 굴하지 않고 남은 촬영은 무사히 맞춰 팬들을 우려를 불식시켰다.

촬영이 마무리된 후, 정수현 씨는 요양을 위해 미국에서 휴식 기간을 가졌다.

그러던 중 정수현 씨는 지인들과 함께 LA 동물원을 관광하던 중 그리즐리 베어의 우리에 떨어진 소년을 구출하였다. 그에 대한 인터뷰를 계기로 정수현 씨와 로열 가드의 미국 진출이 확정되었다.

정수현 씨는 울프 TV의 드라마 '씨티 오브 가더 시즌 2' 촬영 중에도 로열 가드의 미국 진출 작업을 쉬지 않고 준비하였다.

그리고 마침내 이번에 공식적으로 앨범을 발매하고 활동 재개를 선언했다.

로열 가드의 리더, 기사단장이란 닉네임을 가진 정수현 씨가 공식적으로 가수 활동을 다시 시작하는 것은 1년 만이다.

팬들은 이번 앨범이 잘되어 정수현 씨가 계속해서 음악 활동을 해줬으면 하는 바람이다.

인터넷에 하나의 뉴스가 떴다.

그러더니 곧 그와 비슷한 내용의 기사들이 포털 사이트의 대문을 장식했다.

보통 포털 사이트 1면은 가장 큰 이슈가 되는 핵심 뉴스가 차지하는데, 보통은 경제나 정치, 사회 분야의 뉴스가 대부분이다.

그런데 이번에는 전혀 그렇지 않았다.

포털 사이트의 1면은 물론이고, 뉴스가 나간 직후 실시간 검색 순위에도 해당 내용이 1위로 등극을 하였다.

그 내용은 다름 아닌, 로열 가드의 미국 데뷔 소식이었다.

무엇보다 그냥 단순히 앨범을 발표하는 데뷔가 아니었다.

공식적인 스케줄 일정이 함께 나온, 그야말로 정식 활동에 들어가는 시작을 알린 것이었다.

로열 가드의 소식을 오매불망 기다리던 팬들은 미친 듯이 열광하며 그에 관한 정보를 검색했다.

특히나 그렇게 기다리던 수현이 합류해 완전체로 돌아온다는 소식은 너무나 기쁜 일이었다.

다른 아이돌 그룹이 해외 진출이다 뭐다 하면서 국내 활동을 줄이고 해외 활동에 전념해 팬들의 이탈이 당연시되는 것과 다르게 로열 가드의 팬들은 조용히 기다렸다.

최고의 아이돌 그룹이면서도 그들은 현재의 인기에 안주하지 않고, 또 거만해지지도 않았다.

이름처럼 로열 가드는 로열 가드였다.

명예를 아는 기사들처럼 언제나 겸손하면서도 당당했다.

그런 모습에 반한 팬들은 그 충성도가 여타 아이돌 그룹의 팬들과는 차원이 달랐다.

무엇보다 리더 수현에 대한 믿음은 가히 종교에 취한 광신도와 비슷했다.

하지만 그들은 일반적인 광신도가 아니다. 올바른 정신과 솔선수범하는 기사단장을 추종하기에 본인들 역시 스스로 절제를 하였다.

좋아하는 스타를 닮기 위해 본인 스스로도 매사 노력하다 보니 주변에서도 아이돌 그룹을 추종한다며 뭐라 하는 사람이 없었다.

오히려 팬의 부모들조차 바른생활을 하려는 자식의 영향을 받아 로열 가드, 그리고 리더인 수현의 팬이 되어버렸기 때문이다.

*   *   *

킹덤 엔터의 홍보부 직원들은 정말로 요즘 같으면 일하는 보람이 느껴질 것이란 소리를 자주 했다.

그도 그럴 것이, 그냥 컴퓨터를 켜고 인터넷에 접속만 하면 킹덤 엔터와 관련된 연예인의 소식이 나오기 때문이다.

이제 곧 미국 시장에 공식적으로 데뷔를 하는 로열 가드는 물론이고, 로열 가드의 인기에 힘입어 덩달아 국내에서 데뷔를 준비하고 있는 신인 아이돌 그룹도 자연스레 언급되고 있기 때문이었다.

이게 어떻게 된 일인가 하면… 사실 별거 없다.

재작년, 수현이 조작 스캔들로 곤욕을 치르다 폭탄선언을 했다.

대한민국 연예계 탈퇴와 함께 개인의 사생활을 무단으로 보도하면 법적으로 대응을 하겠다고 말이다.

협의가 되지 않은 자신의 사진을 사용하면, 초상권을 들어 법적 대응을 하겠다는 수현의 선언에 처음에는 언론에서

거세게 반발했다.

하지만 정말로 수현이 자신이 말한 대로 국내 활동을 접고 또 자신의 사생활이나 사진을 무단으로 배포한 기자나 언론사에 대해 법원에 고소를 한 것이다.

그로 인해 '연예인이면 당연한 것을 무엇 때문에 오버하냐. 그러려면 차라리 연예인을 그만둬라!' 같은 식의 악성 댓글이 수없이 달렸다.

당연히 도를 넘어서는 악성 댓글도 고스란히 캡처되어 검찰에 접수되었다.

그러다 보니 언론사나 안티들도 수현과 킹덤 엔터의 물러서지 않는 고소에 그만 백기를 들고 말았다.

사실 말이야 바른말이지, 연예 기획사 입장에서 언론의 오보에 입는 타격은 장난이 아니었다.

정말로 고소를 하고 싶은 적이 한두 번이 아니다.

하지만 언론과 척을 져서는 결코 기획사가 잘될 수가 없기 때문에 속이 부글부글 끓어도 참을 수밖에 없었다.

그런데 킹덤 엔터는 '할 테면 해봐라!' 라는 식으로 소속 연예인에 대한 그 어떤 악의적 보도에도 결코 물러서지 않고 반박하며 정정 보도를 요구하는 한편, 그로 인한 피해에 대한 보상도 요구하였다.

만약 요구가 받아들여지지 않을 시에는 바로 법원에 증거 자료와 함께 고소장을 제출하였다.

사정이 이렇다 보니 킹덤 엔터와 관련해 고소장을 받지 않은 유력 언론사가 없을 정도였다.

물론 처음부터 유력 언론사들이 킹덤 엔터의 고소에 백기를 든 것은 아니다.

그동안 쌓아온 인맥을 이용해 이런저런 법적 빈틈으로 빠져나갔지만, 그런 일들이 쌓이면서 지켜보는 국민들의 눈에 언론사의 잘못된 행태가 여실히 드러났다.

하지만 일개 연예 기획사에 고개를 숙여야 한다는 것에 자존심이 상한 그들은 더욱 집요하게 킹덤 엔터와 그 소속 연예인에 대한 악의적 기사를 퍼뜨렸다.

그걸 지켜보는 국민들은 바보가 아니었다.

독재정권에서 막 해방된 듯 순박한 국민은 이제 거의 없다.

물론 아직도 언론의 호도에 놀아나 킹덤 엔터나 수현을 욕하는 이들도 분명 있지만, 그보다는 악의적으로 진실을 왜곡하는 유력 언론사들을 욕하였다.

그러다 보니 킹덤 엔터를 지지하는 팬은 늘어나고, 언론사들은 점차 외면을 받았다.

언론의 힘은 국민에게서 나오는 것이다.

국민의 지지를 받지 못하는 언론은 그 힘을 잃는다.

뒤늦게 자신들의 잘못을 깨달은 언론사들은 킹덤 엔터나 그에 속한 연예인들에 관한 기사를 내보낼 때면 더욱 주의를 기울였다.

예전이라면 강한 비난조로 작성했을 내용도 수위를 낮췄다.

그렇다고 해서 보도 내용이 긍정적으로 바뀐 것은 아니다.

하지만 그 정도만으로도 킹덤 엔터나 소속 연예인들은 대응이 한결 편해졌다.

물론 그 와중에도 도를 넘어서는 기사나 댓글에 대해서는 용서 없이 고소를 진행했다.

결국 언론사들은 더 이상 킹덤 엔터 소속 연예인의 소식을 함부로 내보내지 못하게 되었다.

수집한 자료 중 사생활과 관련된 부분이나 확실히 판단 내리기 애매한 부분이 있으면 킹덤 엔터에 문의를 하기에 이르렀다.

그러다 보니 킹덤 엔터 측에서도 연예인들에 대한 악성 루머나 스캔들의 관리가 훨씬 수월해졌다.

어찌 되었든 연예인과 언론은 물과 물고기와 같은 관계다.

서로가 서로에게 영향을 끼치는 공생 관계이기에 킹덤 엔터에서도 정당하게 취재를 요청하는 언론에는 긍정적으로 필요한 정보를 넘겨주었다.

그 덕분에 이번 로열 가드의 미국 시장 진출 기사 역시

아주 긍정적으로 나갔다.

뿐만 아니라 비슷한 시기에 국내에서 킹덤 엔터 소속의 신인 그룹이 데뷔한다는 소식도 알려졌다.

자연 사람들의 관심이 쏠리면서 홍보부는 물론이고, 킹덤 엔터 전체에 잔치 분위기가 형성됐다.

"최 대리, Xtn하고 연락해 봤어?"

"네. 이번 울프 TV에서 방영하는 '시티 오브 가더' 시즌 2에 맞춰 동시간대에 방영하기로 하였다고 합니다. 그리고 방영 전, 그러니까 내일부터 '시티 오브 가더' 시즌 1을 특집으로 내보낸다고 합니다."

"그래? 편집 좀 잘해 달라고 말은 했고?"

"그야 당연한 것 아닙니까. 비록 수현 씨가 주인공은 아니라고 하지만, 주인공을 이끌어주는 중요한 역할인데요. 지금껏 미국 드라마에 한국 배우가 이처럼 중요한 역할을 맡은 배우가 누가 있습니까? 시청률을 위해서라도 예고편에 무척 신경을 쓰고 있을 것입니다."

"맞아. 몇몇 배우들이 미국 드라마나 영화에 진출을 했지만, 그리 중요하다거나 비중 있는 배역을 맡은 적이 거의 없지."

"맞습니다. 하지만 수현 씨는 아니죠. 가편집을 보긴 했는데, 정말 울프 TV에서 수현 씨를 띄워주기로 작정했는지, 주연이 아님에도 화면에 나오는 비중이 상당하던데요."

"어? 너도 그것 봤냐?"

과장은 Xtn에 다녀온 부하 직원의 이야기를 듣고 눈을 동그랗게 떴다.

사실 아직 방영되지 않은 드라마에 대한 사전 청취는 큰 비밀이었다.

만약 이것이 외부로 유출되면 드라마 흥행에 막대한 영향을 미칠 수 있다.

그렇다고 관계자들에게까지 비밀로 하는 것은 아니다.

사전 흥행 성적에 대한 계산을 하기 위해 관계자들이 먼저 가편집된 필름을 먼저 본다.

그리고 흥행이 될 것 같으면 상관이 없지만, 부족한 부분이 보이면 재촬영이 들어가는 것이다.

그런 것을 킹덤 엔터의 홍보부 대리인 최영신이 우연히 보게 되었다.

마침 Xtn에 협의 차 방문한 최영신이 찾아간 날이 Xtn에서 울프 TV와 이번 '시티 오브 가더' 시즌 2를 런칭하면서 가편집본을 받아 확인하고 있을 때, 최영신 대리가 방문한 것이었다.

이는 전적으로 Xtn이 보안을 제대로 하지 않아 벌어진 사고였고, 또 그가 킹덤 엔터 홍보부라는 신분을 가지고 있었기에 유야무야 넘어갈 수 있었다.

"어떻든?"

스타일라이트

"아주 죽여줍니다. 울프 TV 놈들, 드라마를 무슨 영화 찍듯 찍었더라고요."

"그래? 이거, 나도 궁금해지는데."

최영신 대리의 이야기를 들은 과장의 기대감이 커졌다.

이전에도 수현이 출연한 드라마들은 모두 흥행을 하였다.

한국에서 찍은 두 편의 드라마는 물론이고, 중국에서 찍은 한 편의 드라마도 흥행 대박을 쳤다.

수현이 데뷔 초기에 찍은 드라마들도 높은 시청률을 보였지만, 중국 텐진 TV에서 방영된 '대금위'는 중국 내에선 당연하고, 한국에 수입된 중국 드라마 수입 금액 중 최고가를 갈아 치우며 동남아시아 각국에도 높은 금액으로 팔려 나갔다.

때문에 텐진 TV는 '대금위' 하나만으로 제작에 들어간 비용의 몇 십 배를 거둬들였다.

뿐만 아니라 대금위에 출연한 주연들은 물론이고, 단역으로 나온 사람들마저 새롭게 조명을 받으며 다른 드라마에 조연이 되거나 이전보다 더 비중 있는 역할을 맡게 되어 성공가도를 달리고 있다.

그래서인지 관계자들 사이에서는 수현을 '흥행의 요정', '흥행 보증수표' 라고 부르기도 했다.

*   *   *

킹덤 엔터는 수현이 출연한 '시티 오브 가더' 시즌 2의 방영일과 로열 가드의 미국 데뷔 날짜가 겹치면서 그야말로 정신이 없었다.

울프 TV와 계약을 했기에 '시티 오브 가더' 시즌 2가 방영될 시기에 맞춰 홍보를 해야 하고, 또 자사 최정상의 아이돌 그룹인 로열 가드의 본격적인 미국 시장 도전을 성공시키기 위해 총력을 기울이고 있기에 현재 킹덤 엔터는 비상 체제로 운영되고 있었다.

그러다 보니 홍보부 직원뿐만 아니라 다른 부서 직원들도 이에 발맞춰 벌써 한 달이 넘게 야근을 하고 있다.

그렇지만 고된 야근임에도 이들은 전혀 힘들지 않았다.

자신들이 이렇게 힘들게 일을 해서 소속 연예인이 성공을 거둔다면, 그 얼마나 보람찬 일인가.

비록 연예인만큼 조명을 받지는 못하겠지만, 그래도 자신의 일에 보람을 느끼는 순간이 바로 이럴 때였다.

무엇보다 로열 가드의 미국 진출은 성공이 보장된 일이다.

당연히 일을 하면서도 흥이 날 수밖에 없다.

또한 수현과 킹덤 엔터에서 언론과 한바탕 격전을 치른 뒤라서 그런지, 언론에서도 조심스러워하며 물어뜯으려 달려들지 않았다.

그도 그럴 것이, 지금은 킹덤 엔터나 수현만이 연관된 일이 아닌, 미국의 울프 그룹이 함께하는 프로젝트다.

그러니 국내 언론들이 잠자코 지켜볼 수밖에 없는 것이다.

또 작년 수현이 LA 동물원에서 인명을 구한 일로 영웅이 되어 있는 상태라 자칫 부정적인 기사를 냈다가는 오히려 역풍을 맞을 위험이 높아 자제하는 것이기도 했다.

이래저래 수현과 로열 가드의 미국 진출은 이미 성공이란 글자가 머릿속에 떠오를 정도로 분위기가 좋아 직원들도 절로 힘이 났다.

그렇게 킹덤 엔터의 직원들이 구슬땀을 흘리며 야근을 하고 있을 때, 로열 가드 멤버들도 긴장된 모습으로 데뷔 무대를 준비하고 있었다.

*　　　　*　　　　*

미국인의 아침은 뉴스로 시작한다고 해도 과언이 아닐 정도로 많은 사람들이 아침 뉴스를 시청한다.

자고 일어나는 동안 세계에선 어떤 일이 벌어졌고, 또 주식의 가격은 어떻게 변했는지, 부동산 가치는 얼마나 올랐는지 등의 많은 정보를 얻기 위해 뉴스를 본다.

그런데 미국의 아침 뉴스에는 한국과 조금 다른 풍경이

하나 있다.

그것은 종종 가수나 연예인들이 아침 뉴스에 나와 인터뷰를 하거나 노래를 부른다는 것이다.

한국인들이 생각하기에 참으로 특이한 모습이라 할 수 있지만, 어찌 보면 당연한 것일 수도 있다.

미국은 한국처럼 전문 음악 프로그램이 있는 것이 아니다.

그러다 보니 신곡이 나왔을 때, 또는 자신이 출연한 드라마나 영화가 있을 때 홍보 수단이 그리 많지 않았다.

그래서 자신의 컴백을 알리기 위해 또는 신작 영화가 나올 때 흔히 토크쇼나 아침 뉴스를 이용해 홍보를 하는 것이다.

이번에 미국에 진출하는 로열 가드도 마찬가지였다.

수현을 비롯한 로열 가드 멤버들은 이른 아침에 메이크업도 재대로 받지 않은 상태에서 아침 뉴스에 출연을 하기 위해 일찍 숙소를 나와 LA의 센트럴 빌딩에 왔다.

센트럴 빌딩 로비에는 지금 많은 사람들이 모여 있었다.

아니, 로비뿐만 아니라 커다란 창밖으로도 사람들이 엄청나게 운집을 하고 있었다.

오늘 이곳 센트럴 빌딩 로비에서 촬영하는 울프 TV의 아침 뉴스를 직접 보기 위해 모인 것도 있지만, 가장 큰 이유는 바로 요즘 전 미국인들에게 히어로라 불리는 수현을 보기 위해서다.

현실에서도, 그리고 드라마에서도 수현은 슈퍼 히어로였다.

울프 TV가 지난 연말 방영한 '시티 오브 가더' 시즌 1에서 동양의 고대 무술 마스터로 잠깐 카메오 출연을 한 수현이 시즌 2에서는 본격적으로 출연한다는 이야기가 알려졌다.

그 소식을 들은 팬들은 무척이나 열광했다.

수현이 현실에서도 쿵푸 마스터이기도 하고, 또 태권도 마스터라는 이야기를 들었기에 직접 확인하기 위해 이 자리에 모인 것이다.

더욱이 믿을 수 없는 일은, 그렇게 몸을 쓰는 일에 마스터인 사람이 두뇌를 사용하는 예술(작곡)에도 상당한 실력을 보인다는 것이었다.

현재 수현이 작곡한 곡으로 인해 LA와 캘리포니아 주에서만 어느 정도 이름을 알리고 있던 존 존스가 음악 시사 잡지인 빌보드에 당당히 입성하였고, 현재는 톱 파이브 안에 링크되어 있었다.

그러니 사람들이 관심을 가지지 않으려야 않을 수가 없었다.

그렇게 현재 알려진 것만으로도 수현은 너무도 신비한 인물이었다.

곰과의 기세 싸움으로 위기에 처한 소년을 구했다거나, 빌보드가 인정할 만한 상위 톱 파이브 안에 입성할 정도의 음악을 작곡한 실력, 그리고 동양인이면서도 눈에 띌 정도로 잘생긴 외모와 언변 등… 한 사람이 가진 것이라고는 도저히 믿을 수 없는 다양한 재능들이 수현에게 있었다.

연기면 연기, 노래면 노래, 거기에 춤도 잘 춘다.

어느 나라 사람을 가져다가 대화를 시켜도 막힘없이 술술 대화를 한다.

그야말로 모든 것을 가진 완벽한 사람이었다.

그런 인물은 코믹스 안에서만 존재할 것이라 믿던 사람들에게 현실에도 영웅이 있다는 것을 알려준 존재다.

그러니 그를 직접 보지 않을 수가 없어 이곳 센트럴 빌딩에 모인 것이다.

웅성웅성.

센트럴 빌딩 로비는 정말 발 디딜 틈도 없을 정도로 인산인해를 이루고 있었다.

이미 이런 방송을 몇 번이나 해본 베테랑 아나운서, 린다 파커는 지금까지 자신이 진행한 어떤 쇼보다 관객이 많은 모습을 보고 순간 기가 눌렸다.

어디 가서 이렇게 자신이 작다고 느껴본 적이 없는데, 몰려든 사람들이 풍기는 기세에 눌려 순간 당황해 큐 사인이 들어왔음에도 잠시 머뭇거렸다.

하지만 그녀는 프로였다.

1~2초 머뭇거리기는 했지만, 얼른 정신을 차리고 멘트를 쳤다.

"안녕하셨습니까, 시청자 여러분. AM 07:00 린다 파커입니다."

린다 파커는 자연스럽게 실수를 넘기며 현재 자신이 뉴스 스튜디오가 아닌 센트럴 빌딩 로비에 나와 있다는 사실을 알렸다.

그러면서 현재 사람들이 무엇 때문에 이곳에 모여 있는 것인지 자연스러운 목소리로 설명을 하였다.

"오늘은 특별히 K—POP 마니아라면 잘 알고 있을 보이 그룹을 소개하려고 합니다. 이들 그룹의 명칭은 '로열 가드'라고 불리는데, 사실 저도 로열 가드의 팬입니다."

린다 파커는 로열 가드를 소개하면서 살짝 자신의 개인적인 이야기도 곁들였다.

하지만 너무도 자연스러워 누구 하나 그런 린다 파커에게 뭐라고 하는 이는 없었다.

"그런 로열 가드가 오늘 이곳에서 미국 시장에 도전하기 위해 출사표를 던지려 합니다."

준비된 대본대로 린다 파커는 로열 가드에 대한 간략한 소개를 이어 나갔다.

로열 가드에 대해 생소하게 느끼는 시청자들을 위한 배려였다.

그런데 로열 가드를 소개하던 중 수현의 이름이 호명되자 주변에 있던 사람들이 일제히 환호성을 내질렀다.

너무 큰 소란에 잠시 린다 파커는 잠시 말을 끊고 특유의 장난스러운 제스처와 못 말리겠다는 표정으로 현장 분위기를 카메라에 전했다.

그러면서 린다 파커는 근처에 있던 젊은 남자를 한 명 섭외해 마이크를 건넸다.

"로열 가드를 잘 아시나요?"

"물론이죠. 로열 가드는 정말 그 이름에 걸맞은 사람들입니다. 전 3년 전 인도네시아에서 쓰나미가 발생했을 때, 그들로 인해 목숨을 구한 사람입니다."

의례적인 질문을 건넨 린다 파커는 이어진 남자의 대답에 깜짝 놀라고 말았다.

너무도 뜻밖의 이야기에 린다 파커는 물론이고, 주변에서 흥분해 떠들고 있던 사람들도 순간 조용해졌다.

"아니, 그게 무슨 소리죠? 당시 로열 가드, 아니, 로열 가드의 리더인 정수현 씨가 구한 것은 한국인 소녀라고 들었는데요?"

자신이 알고 있는 정보와 다른 이야기를 하고 있는 남자의 말에 린다 파커는 고개를 갸웃거렸다.

그러면서 순간 이 남자가 사람들의 관심을 모으려는 목적으로 거짓말을 하는 것은 아닌가 하는 의심이 들었다.

"아, 제 말을 오해하셨군요. 그 소녀에 대한 이야기는 저도 잘 알고 있습니다. 전 그날 필리핀 민다나오의 해변에 있던 관광객 중 한 명이었습니다."

남자는 3년 전 자신이 어디에 있었고, 또 그날 정수현과 로열 가드가 어떻게 자신을 구했는지 이야기했다.

연인과 함께 떠난 필리핀 여행.

당시 남자는 머물던 리조트가 해변 가까이에 있어 쓰나미 피해가 컸는데, 수현의 도움으로 호텔에서 머물 수 있었다고 했다.

하지만 남자, 조나단 보토는 그 과정에서 비극적인 사고를 겪었다.

밀려오는 거대한 파도를 피해 황급히 이동하던 중에 연인의 손을 놓쳤고, 너무나 혼잡한 상황이라 그대로 헤어져 버리고 만 것이다.

이후, 조나단 보토가 다시 그녀를 찾았을 때는 이미 싸늘한 시체가 되어버린 뒤였다.

조나단 보토는 당시의 상황이 떠올랐는지 눈시울이 붉게 물들어 있었다.

모든 이야기를 들은 린다 파커는 놀라 입을 다물 수가 없었다.

로열 가드의 미국 진출을 축하하는 자리에는 어울리지 않는, 무척이나 비극적인 이야기이지만 어느 누구도 그를 질타하지 않았다.

뒤늦게 가라앉은 분위기를 알아차렸는지, 조나단 보토도 급히 수습에 나섰다.

"아, 미안합니다. 이런 말을 하려고 찾아온 것은 아닌데… 제가 이곳에 온 것은 그때 로열 가드의 도움으로 제가 목숨을 구했다는 것에 대해 감사 인사를 전하고 싶어서입니다. 감사합니다."

조나단 보토는 카메라를 향해 고개를 숙여 보이며 감사 인사를 하였다.

서양에서는 좀처럼 볼 수 없는 인사 표현에 사람들은 그를 다시 보게 되었다.

사실 서양에서는 고개를 숙이는 행위를 굴욕적인 것으로 여기는 경향이 있다.

하지만 지금 조나단이 보여주는 모습은 전혀 그렇지가 않았다.

오히려 그가 진심으로 로열 가드에게 감사하고 있다는 마음이 절절하게 느껴질 정도였다.

"이것이 동양에서는 자신의 마음을 담아 하는 인사라고 합니다."

조금 전, 숙연해진 분위기와 다르게 조나단은 빙그레 미소를 지어보였다.

"아, 좋은 것을 알았군요. 감사합니다."

린다 파커는 조나단과의 인터뷰를 마치며 살짝 고개를 숙였다.

뜻하지 않은 내용의 인터뷰로 인해 잠시 가라앉은 분위기는 수현과 로열 가드가 모습을 드러내자 다시금 뜨겁게 달아올랐다.

"와아!"

휘익— 휘익!

여기저기서 환호성이 울려 퍼졌다.

대부분의 사람들은 너무 멀리 떨어져 있어 수현과 로열 가드의 그림자도 보지 못하였지만, 그 함성에 동참하였다.

워낙 열광적인 반응 때문에 린다 파커도 잠시 정신을 차릴 수가 없었다.

그러나 곧 태도를 가다듬고는 로열 가드 멤버들에게 다가가 마이크를 내밀며 인터뷰를 시작했다.

"와우! 로열 가드를 환영하는 인파들의 함성이 대단하네요."

"감사합니다."

린다 파커와 인사를 하면서도 로열 가드 멤버들은 그 자리에 가만있지 않았다.

원래라면 실례가 될 수도 있는 일이지만, 로열 가드는 원체 많은 인원으로 구성되다 보니 가장자리에 있는 멤버들은 카메라 초점에서 살짝 벗어나는 감이 있었다.

그런데 이때, 운집한 사람들 중 일부가 로열 가드 멤버들에게 손을 내민 것이다.

다년간 활동을 하다 보니 팬이 무엇을 원하는지 잘 알기에 로열 가드는 팬들이 원하는 바를 실행에 옮겼다.

무대 옆에 자리한 팬들에게 다가가 손바닥을 마주 치며 하이파이브를 해준 것이다.

사실 콘서트장 등에서 팬들은 스타에 열광하며 좀 더 가까이 다가가 접촉하길 원한다.

평소에는 사람들의 시선이나 체면 때문에 예의를 갖추지만, 공연장 특유의 열기에 휘말려 좀 더 과감해지는 것이다.

이럴 때 과민한 스타들은 신경질적으로 반응을 하기도 하지만, 수현이나 로열 가드 멤버들은 오히려 그런 반응을 즐기는 편이었다.

그렇기에 기회가 되면 팬들과 적극적으로 스킨십을 가지곤 했다.

린다 파커는 이런 로열 가드의 행동이 신기해 보였다.

이런 자리에 나오는 스타들은 대체로 어느 정도 인지도가 있기 때문에 이렇게까지 팬서비스를 하진 않는다.

이른 아침이기에 메이크업도 제대로 되지 않은 상태에서 짜증을 내는 스타들도 가끔 있었다.

스타라이트

그런데 로열 가드는 그렇지 않았다.

이들은 마치 풀 메이크업을 한 것처럼 빛이 났다.

특히나 리더인 수현은 만약 자신이 결혼만 하지 않았다면 본격적으로 대시를 해보고 싶을 정도로 잘생겼다.

"미스터 수현, 이번에 정식으로 미국에 진출을 하셨는데, 어떤가요? 팬들의 반응이 뜨겁다는 것은 들었지만, 일부에서는 앨범의 힘이라기보다 작년 일의 후광 효과라고 폄하하는 말들이 나오기도 하던데요."

세상을 살아가다 보면 어디나 성공하는 사람을 동경하는 사람만 있는 것은 아니다.

타인의 성공에 시기와 질투를 하여 악담을 퍼붓거나 폄하하는 이들도 있기 마련이다.

그리고 그중에는 악의적으로 거짓말을 만들어 퍼뜨리는 이들도 있었다.

지금 린다 파커는 그중 한 가지 가십을 언급한 것이다.

실제로 그런 효과가 아주 없는 것은 아니기에 아직 로열 가드의 노래를 들어보지 못한 이들은 그럴 수도 있겠다는 반응을 보이기도 했다.

"물론 그런 부분이 전혀 없다고는 할 수 없겠지만, 그래도 저희가 준비한 곡은 절대 부족하지 않다고 생각합니다."

수현 역시 일부 수긍은 하지만, 단호한 표정으로 대답을 하였다.

이런 종류의 질문에 약한 모습을 보이는 것은 오히려 앞으로의 행보에 좋은 영향을 주지 않다고 판단을 했기 때문이다.

마냥 약한 모습을 보였다가는 언제 어느 때 물어뜯길 수 있기에 태도를 확고히 한 것이다.

"그런가요? 그럼 어디 한 번 그 자신감 넘치는 곡을 들어볼까요?"

"네!"

"와아!"

수현의 당당한 대답에 린다 파커는 얼른 준비된 멘트를 날렸다.

그와 함께 수현과 로열 가드 멤버들은 센트럴 빌딩 로비에 마련된 무대 위로 올라갔다.

본격적인 공연 준비가 끝나자 장내가 조용해졌다.

모두의 기대가 담긴 기다림 속에서 감미로운 반주가 흘러나왔다.

로열 가드의 미국 진출을 알리는 싱글 앨범의 타이틀 곡이었다.

"The Game Began(게임이 시작되었다)."

로열 가드의 리더 수현의 시작을 알리는 한마디에 관객들은 우레와 같은 함성을 내질렀다.

임시로 마련된 무대이기에 준비된 안무를 펼치기가 조금

버겁기는 하지만, 로열 가드 멤버들은 괘념치 않고 열정적으로 노래에 맞춰 안무를 펼쳤다.

"어? 좋은데?"

린다 파커는 사실 아이돌 노래에 대해서는 별로 관심이 없었다.

처음 나와서 로열 가드의 팬이라고 말한 것도 사실 방송용 멘트였을 뿐이다.

물론 소개를 하기 위해 로열 가드에 대한 정보를 찾아보기는 했지만, 그뿐이었다.

하지만 직접 눈앞에서 보게 된 로열 가드는 그런 린다 파커의 인식을 완전히 바꿔 버렸다.

로열 가드의 팬이 또 한 명 생기는 순간이었다.

Chapter 7

열광

사실 군무라는 것은 상당히 어려운 난이도의 춤이다.

춤 자체만으로는 그리 난이도가 높다고 할 수 없겠지만, 인원이나 무대의 크기에 영향을 많이 받기에 그러하다.

그나마 무대에 여유가 있다면 조금 수월하겠지만, 현재 로열 가드가 오른 무대는 평소의 방송국이나 콘서트장과는 전혀 달랐다.

일반 빌딩 로비 한쪽에 임시로 마련된 간이 무대이다 보니 평소 공연을 펼치는 장소의 반에도 미치지 못했다.

그런 곳에 아홉 명의 장정이 올라 역동적인 군무를 추다 보니, 평소보다 훨씬 난이도가 올라간 상태였다.

그러다 보니 서로 간에 동선이 얽힐 위험도 있지만, 수많은 연습을 통해 단련된 로열 가드는 무난하게 무대를 소화해 내고 있었다.

게다가 단점만 있는 것은 아니었다.

무대가 좁다 보니 그에 비례하여 더욱 역동적인 모습을 보는 이로 하여금 느끼게 한다.

더욱이 한국 아이돌 그룹의 안무는 일명 칼 군무라 불릴 정도로 호흡이 정확했다.

그러다 보니 린다 파커를 비롯해 센트럴 빌딩 로비에 운집한 팬들은 로열 가드의 춤과 노래에 빠져들지 않을 수가 없었다.

물론 이들은 로열 가드의 신곡 뮤직비디오를 보았다.

그리고 뮤직비디오에서 보여주는 군무는 편집을 통해 예쁘고 멋있게 꾸밀 수 있다고 생각을 하고 있었다.

그런데 설마 현실에서도 이렇게 호흡이 딱딱 맞도록 춤을 출 수 있다는 것에 놀라움을 감출 수가 없었다.

"She is a cute little devil."

"She is a cute little devil!"

"She is a cute little devil."

"She is a cute little devil!"

어느 순간부터 팬들은 로열 가드의 노래를 따라 부르기 시작했다.

'Love Game'.

남녀가 처음 만나 연인이 되기까지 벌어지는 밀당을 재미있고 경쾌한 리듬으로 만든 로열 가드의 싱글 앨범 타이틀곡.

수현이 자신 있게 선언한 로열 가드의 신곡은 그렇게 센트럴 빌딩 로비를 벗어나 인근 도로에까지 울려 퍼졌다.

"Baby, Let's go! Baby, Let's go!"

"어?"

웅성웅성.

로열 가드의 노래를 따라 부르던 팬들은 'Love Game'의 코러스 부분이 시작되자 순간 얼떨떨해했다.

분명 코러스에 나오는 여성의 목소리가 맞기는 하지만 앨범의 보이스와는 조금 달랐기 때문이다.

비슷하지만 약간 다른, 조금 더 생생한 육성에 가까운 목소리였다.

떼창을 부르던 팬들이 갑자기 들려온 목소리에 놀라 입을 멈추고 고개를 돌렸다.

또각또각.

"I'm a cute devil! A wind fairy, Honey, made my day!"

자신 있게 걸어 나온 여성은 무대 정중앙에서 안무를 추고 있는 수현에게 다가가 관능적인 동작을 선보였다.

"와아!"

그녀는 다름 아닌, 바로 셀레나 로페즈였다.

수현의 연인이자 'Love Game'의 피처링을 담당한 셀레나가 이곳, 센트럴 빌딩 로비에 모습을 드러낸 것이다.

사실 팬들 사이에서는 은근히 기대를 하고 있던 부분이기도 했다.

단순히 수현의 연인이기 때문에 셀레나가 함께 작업을 한 것이 아니었다.

그녀의 외모와 이미지가 가사와 너무도 잘 맞아떨어졌기에 수현이 제안을 했고, 노래를 들어본 셀레나 로페즈 또한 흔쾌히 받아들였다.

실제로 녹음을 끝내고 완성된 곡을 들었을 때, 셀레나는 확신을 했다.

로열 가드는 수현의 유명세 때문만이 아닌, 이 곡 자체로도 꼭 성공할 것이라고 말이다.

사실 그녀의 레이블에서는 그녀의 이번 피처링 참여에 대해 조금 우려를 갖기도 했다.

악동 이미지의 저스트 비버와 결별한 지 얼마나 되었다고 새로운 스캔들의 주인공과 연인이 된단 말인가.

그런 이유 때문에 셀레나 로페즈를 싫어하는 안티들에게 제대로 까이고 있었다.

물론 스캔들의 시작은 저스트 비버 측에서 치부를 감추기 위해 조작한 것이 원인이지만, 그에 극구 부인하며 기자회견과 법적 대응까지 갔던 것이 사실이다.

그런데 합의가 끝나고 며칠 지나지 않아 두 사람이 함께 찍은 사진이 버젓이 SNS상에 떠오른 것이다.

안티들과 저스트 비버의 팬들이 이때다 싶어 셀레나와 수현을 공격했다.

물론 저스트 비버 측의 조작 스캔들을 해결하기 위해 자주 만나다 감정이 생겼다는 말에 딱히 반박하기는 어렵다.

사람의 감정이라는 것이 어느 순간에 딱 정해지는 것이 아니기 때문이다.

어쨌든 그렇다 해도 셀레나에 대한 부정적 이미지가 완전히 씻긴 것은 아니었다.

이미 미 전역에 퍼진 영웅적 이미지 때문에 수현을 건드려 봐야 오히려 역효과만 생길 것을 알기에 저스트 비버의 팬들은 셀레나만 주구장창 공격을 해 댔다.

이런 상태에서 셀레나가 수현이 소속된 로열 가드의 노래에 피처링을 한다면 분명 또다시 구설수에 오를 것이 분명하기에 소속사에선 반대했다.

그렇지만 셀레나는 그에 굴하지 않고 피처링을 감행했다.

그 결과는 매우 만족스러웠다.

사실 그녀는 잠시 활동을 중단하고 휴식을 취하고 있는 상태였다.

휴식기 중에 저스트와 재결합하며 약간의 구설수가 있었지만, 그 정도의 스캔들은 늘 있는 일이라 큰 소동 없이 넘어갔다.

그러다 휴식기를 마무리하고 컴백을 준비하던 찰나, 연말 그래미 시상식 이후의 소동으로 인해 그 시기를 놓치고 말았다.

그런 때에 피처링 녹음 참여는 가수 활동을 시작을 알릴 수 있는 탁월한 선택이었다.

더욱이 완성이 되어 들어본 'Love Game'은 자신의 선택이 옳았다는 생각에 확신을 갖게 해주었다.

그래서 셀레나는 마음 놓고 컴백 준비를 할 수 있었다.

사실 어려서부터 연예계 일을 하며 여러 상황을 겪은 셀레나 로페즈에게는 하나의 징크스가 있었다.

무슨 일을 시작할 때, 기분 좋게 시작하는 것과 그렇지 않을 때의 결과물에 차이가 많이 난다는 것이다.

물론 누구라도 기분 좋게 일을 시작하면 결과물이 좋든 나쁘든 만족한다.

한데 셀레나 로페즈는 그 정도가 심했다.

안 좋은 일이 있어도 어쩔 수 없이 계획된 스케줄을 소화할 때면, 항상 결과가 좋지 못했다.

그런 경험이 쌓이다 보니 컨디션이 좋지 않을 때면 계획된 스케줄을 모두 뒤로 미루거나 취소했다.

그러고 나서 상황이 다시 괜찮아졌을 때 활동을 재개하면 결과도 좋아졌다.

셀레나가 이번에 컴백을 미룬 것도 바로 그런 이유에서였다.

그런데 이번 로열 가드의 곡을 피처링하면서 부정적인 느낌을 씻어낼 수 있었다.

컴백할 수 있겠다는 자신감이 붙자 준비는 막힘없이 진행되었고, 빠른 시일 내에 컴백이 결정되었다.

자신과 로열 가드의 활동 시기가 겹치게 된다는 어려움은 있지만, 셀레나로서도 더는 미룰 수가 없었다.

공식 활동을 접은 지 벌써 반년이 넘어가고 있기에 슬슬 나서지 않으면 팬들에게 잊혀질 수 있기 때문이다.

연인도 중요하지만 자신의 일도 중요했다.

부득이하게 활동 시기가 겹치게 되어 앞으로 함께 무대를 갖기는 거의 불가능했다.

그래서 미안한 마음에 오늘 로열 가드의 첫 무대에 직접 라이브로 노래하며 등장한 것이었다.

"Love Game!"

이윽고 노래의 마지막 파트가 끝나고 음악이 멈췄다.

"와아!"

"Oh, Great!"

짝짝짝짝!

좁은 무대 위에 선 로열 가드와 셀레나 로페즈.

벅찬 감동에 팬들은 하나같이 환호성을 내질렀다.

이 자리에 모인 팬들은 영원히 기억에 남을 순간에 함께 했다는 기쁨을 느끼며 감격의 눈물을 흘렸다.

*   *   *

탁탁탁탁.

베이커는 연신 뒤를 돌아보며 무언가에 쫓기듯 골목 안으로 달려갔다.

"제길, 어디서 그런 놈이 나타나선……."

쫓기는 와중에도 그는 마약 브로커에게 받지 못한 돈이 생각났다.

갑자기 나타난 인물 때문에 수금을 제대로 하지 못한 것 때문에 여간 신경이 쓰였다.

무엇 때문에 그러는 것인지는 모르겠지만, 그 사내는 자신의 앞에 나타나자마자 폭력을 휘둘렀다.

물론 처음에는 위협을 가하는 그에 맞서 싸우려 했지만, 함께 있던 마션이 별다른 힘 한 번 써보지 못하고 당하는 것을 보고 바로 포기했다.

마션은 자신이 속한 조직 내에서도 상당한 싸움꾼이었다.

190㎝의 신장에 체중이 100㎏나 나가는 거구다.

스카일라이트

더욱이 마션은 언제나 자신의 애견인 블록을 데리고 다니는데, 블록은 맹견으로 유명한 핏불 테리어다.

아메리칸 핏불 테리어라고 불리는 이 개는 불도그와 불테리어 종의 견종을 교배해 인위적으로 만든 품종이다.

근육질의 핏불 테리어는 주인에게는 순종적이지만 그 외의 존재에게는 무척이나 위협적인 개로, 사실 애완용으로는 적합하지 않았다.

그 때문에 갱들은 이 핏불 테리어 종의 개들을 과시용 또는 호신용으로 데리고 다니기도 한다.

그리고 베이커의 동료인 마션이 바로 그런 사람이다.

생김새만큼이나 사납고 한 번 물면 절대 놓지 않는 핏불 테리어와 거구의 마션은 참으로 딱 들어맞는 주인과 애완견의 조합이었다.

그런데 그런 마션과 그의 애견 블록이 의문의 사내에게 힘도 써보지 못하고 허무하게 당한 것이다.

처음 일격을 당한 것은 마션의 애완견, 블록이었다.

자신들의 영업에 끼어든 의문의 사내를 제압하기 위해 마션은 자신의 애견 블록을 풀어놓았다.

하지만 예상과 다르게 블록은 사내에게 달려들기 무섭게 뻗어버렸다.

자신의 애견이 당하는 모습에 흥분한 마션이 그 큰 거구를 이용한 보디 체크를 날렸다.

학창 시절에 미식축구를 한 마션은 라인맨 중에서도 센터를 맡을 정도로 덩치와 체력이 좋았다.

그렇지만 불같은 성격 때문에 프로가 되지 못했고, 결국 동료와의 사소한 다툼 끝에 상해를 입히고 팀에서 쫓겨나고 말았다.

시간이 흐른 뒤에도 그는 전혀 변하지 않았다.

아니, 오히려 범죄 조직에 소속되며 더욱 광포해져만 갔다.

그는 싸움 실력만 따진다면 조직 내에서도 중상위권에 속할 정도로 타고난 싸움꾼이다.

거기에 미식축구의 경험을 살린 마션의 보디 체크는 상대에게 트럭에 치인 듯한 충격을 줄 정도였다.

하지만 사소한 일에도 과하게 손을 쓰는 버릇 때문에 조직 내에서도 밑바닥을 전전해야만 했다.

그런 마션이 별다른 힘도 써보지 못하고 무너졌다.

그 믿기지 않는 광경에 베이커는 뒤도 돌아보지 않고 도망쳤다.

하지만 어찌 된 일인지 계속해서 그를 쫓아오는 발자국 소리가 들렸다.

"헉! 헉!"

죽을힘을 다해 도망치다 보니 베이커의 입에선 단내가 흘러나왔다.

더 이상은 죽어도 발을 내딛지 못할 것 같았다.

거칠게 숨을 몰아쉬며 걸음을 멈춘 베이커가 조심스레 뒤를 돌아봤다.

더 이상 발걸음 소리가 나지 않아 상대가 추격을 포기했나 안심하고 있는데, 갑자기 말소리가 들려왔다.

"겨우 여기까지밖에 가지 못한 것인가?"

'헉!'

베이커는 깜짝 놀라며 뒤를 돌아보았다.

하지만 그곳에는 개미 새끼 하나 보이지 않았다.

"어디를 보고 있나."

공포에 질려 이리저리 고개를 돌리던 베이커는 깜짝 놀랐다.

의문의 사내가 어느새 자신의 앞에 서 있던 것이다.

분명 자신은 계속 도망을 쳤다.

뒤를 쫓던 사내가 아무리 빠르다고 해도 뉴욕의 뒷골목을 자신만큼 알지는 못할 것이다.

베이커는 이곳 뉴욕 뒷골목에서 28년을 누비고 다녔다.

원래 이곳 태생은 아니지만, 베이커가 사물을 인식할 수 있을 때부터 그는 바로 이곳 뉴욕 뒷골목에 있었다.

그렇기에 이곳의 지리는 빠삭할 수밖에 없다.

그런 장점 덕분에 조직에서 그의 담당 구역을 이곳으로 정해준 것이기도 하고.

거미줄처럼 어지럽게 얽힌 뉴욕 뒷골목의 악명은 이미 자자했다.

하지만 그 모든 지리를 손바닥 들여다보듯 꿰고 있는 베이커는 함정 수사를 펼치던 마약반 경찰들을 따돌리고 도망친 적이 한두 번이 아니었다.

그렇기에 이번에도 잘 따돌렸다 생각을 했는데, 의문의 사내는 언제 다가온 것인지 자신보다 먼저 이곳에 와 있던 것이다.

"넌 누구야! 누군데 날 자꾸 따라오는 거야!"

베이커는 후드로 얼굴을 가리고 있는 사내를 보며 소리쳤다.

그가 마주한 사내는 마치 암살자처럼 후드를 눌러쓰고 있어 보는 것만으로도 불길함을 조성하고 있었다.

현대에 전혀 어울리지 않는 복장과 환한 대낮에도 빛이 들어오지 않는 뉴욕 뒷골목의 모습이 한데 어우러지자 더욱 음산한 느낌이 들었다.

"후안을 찾아왔다. 그가 있는 곳으로 안내해라."

후드의 남자는 다짜고짜 그에게 안내를 지시했다.

하지만 베이커는 절대로 그 말을 따를 수가 없었다.

그도 그럴 것이, 사내가 말하는 후안은 바로 베이커가 속한 조직의 보스였기 때문이다.

후안 카를로스 디에고 막스.

하지만 그를 아는 사람은 그를 디아블로라 불렀다.

후안은 자신의 뜻에 반하는 이들을 결코 보아 넘기지 않았다.

멕시코 카르텔 출신인 후안은 자신이 속한 조직의 보스와 간부들을 잔인하게 죽이고 조직을 장악했다.

그러면서 자신에게 반하는 이들은 남김없이 죽였다.

조직원뿐만 아니라 그들의 가족까지 잔인하게 살해하는 바람에 아무도 후안에게 대들지 못했다.

심지어 적대하던 조직들마저 후안과는 척을 지지 않으려 했다.

간혹 마찰이 생기기라도 하면 사죄와 함께 먼저 양보를 할 정도였다.

그렇게 절대적인 위치에 오른 후안이지만, 성격은 여전했다.

자신이 쿠데타로 조직을 장악한 탓인지 그는 부하들을 전혀 믿지 않았고, 조금이라도 반란의 조짐이 보이면 가차없이 쓸어버렸다.

그랬기에 베이커는 두목인 후안을 늘 두려워했다.

당연히 후안의 위치를 묻는 의문의 사내의 지시를 따를 수가 없었다.

막말로 눈앞의 사내가 손을 쓴다면 자신 한 명의 목숨으로 끝나고 말겠지만, 만약 후안에게 찍힌다면 가족들까지 모조리 잔인하게 살해될 것이 확실하기 때문이다.

"안 돼! 그럴 수 없어! 차라리 그냥 날 죽여라!"

베이커는 울부짖듯 소리쳤다.

"진정해. 난 누군가를 죽이려는 것이 아니다."

"거짓말하지 마! 두 눈으로 똑똑히 봤어! 네가 마션을 죽이는 것을!"

그랬다. 베이커가 이렇게 두려워하는 것은 눈앞에 있는 남자가 그의 동료인 마션을 단번에 죽여 버렸기 때문이다.

그저 가볍게 가슴 위에 손을 얹은 것뿐인데, 마션은 눈코입, 그리고 귀에서 피를 흘리며 덜컥 죽어버린 것이다.

갱 조직의 일원으로 베이커는 수많은 죽음을 보아왔다.

그리고 자신의 손으로 누군가를 죽여보기도 했다.

하지만 그런 죽음은 지금까지 단 한 번도 본 적이 없었다.

마치 공포 영화에 나오는 한 장면처럼, 마션은 얼굴에 난 모든 구멍에서 피를 흘려내며 죽었다.

자신도 그렇게 죽을 수 있다는 생각에 앞뒤 제지 않고 현장에서 도망쳤다.

아마 보스인 후안이 이 사실을 알게 된다면, 자신은 죽을 것이 분명했다.

그렇지만 그래도 마션처럼 기괴하고 비참한 모습으로 죽고 싶지는 않았다.

"그자가 마션인가? 흠……."

사내는 뭔가를 떠올리기라도 하는 듯 잠시 말끝을 흐리다 베이커의 눈을 쳐다보며 이야기를 이어갔다.

"그자가 데리고 있던 개에게서 사람의 피 냄새가 진하게 풍기더군."

"음……."

베이커는 사내의 말에 작게 신음을 흘렸다.

베이커도 잘 알고 있었다. 마션이 종종 블록에게 사람을 공격하게 하여 피를 본다는 것을 말이다.

들리는 소문에 의하면, 조직에서 처리한 시체 일부를 가져다 먹이기까지 한다고 했다.

그러한 소문 때문에 인근 조직들도 마션을 꺼려하며 쉽게 도발하지 않고 양보를 한다는 것 또한 잘 알고 있었다.

어찌 보면 두목인 후안과 잘 맞는 마션이었다.

그런데 앞에 있는 사내는 그런 사실을 모두 알고 있는 것 같아 베이커는 할 말을 잃었다.

"너도 알고 있었군."

"그런 소문이 있기는 했지만……."

"인간을 공격해 피 맛을 본 짐승은 이후 절대로 다른 짐승의 고기를 먹지 않는다."

후드를 뒤집어쓴 사내는 마치 사나운 짐승이 으르렁거리듯 낮은 목소리로 읊조렸다.

하지만 베이커는 그 목소리를 똑똑히 들었다.

진한 살기와 함께 듣는 이로 하여금 꼼짝 못하게 하는 힘이 그 안에 담겨 있었다.

마치 천적을 만난 동물처럼 근육이 수축되어 움직일 수가 없었다.

"키우는 동물이 그 정도인데, 주인은 어느 정도일까? 겉모습이 사람과 같다고 모두 사람은 아닌 것이다. 정신이 올곧아야 사람인 것이다."

낮게 중얼거리는 사내의 말이 점점 고조될수록 베이커의 몸은 더욱 위축되어 갔다.

하지만 그 말이 맞다는 것을 부정하지는 못했다.

"인간의 모습을 한 채 금수보다 못한 행동을 하는 것은 요괴나 악귀일 뿐이다. 그런 자들의 목숨은 일고의 가치도 없다."

마치 판관이 판결을 내리듯 사내의 말은 단호했다.

꿀꺽.

베이커는 자신도 모르게 마른침을 삼켰다.

베이커는 자신의 침 넘기는 소리가 이렇게 클 줄은 상상도 못했기에 또 한 번 놀랐다.

'응?'

하지만 잡자기 앞에 있던 사내가 몇 걸음 떨어지는 모습에 베이커는 의아해했다.

'뭐지?'

순간, 주변 공기가 바뀐 듯 분위기가 심상치 않게 변했다.

당황해 주위를 둘러보지만, 뭐 하나 변한 것은 없었다.

그렇지만 왠지 처음 이곳에 도착했을 때와는 분위기가 완전 달라져 있었다.

그런 베이커의 예상이 맞았는지, 그에게서 떨어진 사내가 허공에 대고 큰 소리로 떠들었다.

"그만 나와라! 이곳에 있다는 것, 다 알고 있다!"

사내가 소리를 지르자 곧 작은 소음이 이어졌다.

척, 척, 척.

골목 양쪽에서 길을 막듯이 일단의 그림자가 나타났다.

마치 포위를 하듯 베이커와 사내를 에워싸는 모습이었다.

"보스!"

베이커는 골목에서 나온 사내들 중 한 사람을 알아보고는 소리쳤다.

"베이커, 베이커……."

베이커가 지목한 사내는 마치 장난을 치듯 중얼거렸다.

"네, 네! 보스!"

베이커는 바짝 긴장했다.

보스인 후안이 저렇게 행동한다는 것은 그가 지금 무척이나 화가 난 상태란 것을 알리는 신호이기 때문이다.

그럴 때면 언제나 누군가의 시체가 길바닥에 버려졌다.

그게 자신이 되지 않을 것이란 보장은 없었다.

아무리 자신의 부하라 해도 후안은 결코 용서를 모르는 인간이기 때문이다.

"베이커, 무엇 때문에 그렇게 긴장을 하고 있나? 단짝인 마선을 버려두고 적에게서 도망을 친 것 때문인가?"

자신의 행적을 모두 알고 있다는 듯 이야기하는 후안의 말에 베이커는 순간 눈앞이 깜깜해졌다.

이미 저런 말이 나온다는 것은 눈앞의 사내는 물론이고, 자신 또한 그냥 두지 않겠다는 의미였기 때문이다.

"보스, 저도 어쩔 수 없었습니다. 마선도, 블록도 저자에 게 전혀 상대가 되지 못했습니다. 그런데 어떻게 제가 도망을 치지 않을 수 있겠습니다. 다만, 전 저 위험한 자가 조직을, 아니, 보스를 찾고 있다는 것을 알려야 했기에 현장을 떠난 것뿐입니다. 정말입니다."

베이커는 살아남기 위해 정말 열심히 변명을 늘어놓았다.

"워워, 진정해. 누가 뭐라 했나? 그보다……."

후안은 베이커를 갖고 놀듯이 몇 마디 중얼거린 뒤, 시선을 돌려 의문의 사내를 쳐다보았다.

"넌 누구지?"

"제시카 오언, 캐시 밀러, 샤샤 밀리언."

후드를 깊게 눌러쓴 사내는 후안의 질문에 엉뚱한 이름을 내뱉었다.

그가 언급한 이름들은 누가 봐도 여자의 이름이었다.

하지만 대답을 들은 후안의 표정은 보기 흉하게 일그러졌다.

이 일대에서 자신이 묻는데도 감히 이렇게 엉뚱한 대답을 하는 이는 없었다.

이건 정말 후안을 무시하는 태도였다.

"지금 뭐 하는 거지? 내 말이 우습나? 네 정체가 뭐야!"

후안은 화를 참지 못하고 버럭 소리쳤다.

"네가 운영하는 업소에서 아르바이트를 하던 여성들의 이름이다."

사내는 화를 내는 후안을 상대하면서도 여전히 변함없는 목소리로 담담히 말을 꺼냈다.

"그게 어떻다는 것이지?"

후안은 거친 사내들에게 둘러싸인 상태에서도 전혀 동요하지 않는 사내에게 문득 흥미를 느꼈다.

보통 사람에게서는 찾아보기 힘든, 마치 맹수와 같은 느낌을 받았기 때문이다.

'저놈은 절대 평범한 놈이 아니다.'

후드를 뒤집어쓴 사내에게서 자신과 비슷한 기운을 느낀 후안은 저도 모르게 입가에 미소가 걸렸다.

오랜만에 느껴보는, 그야말로 살 떨리는 긴장감이 그의

피를 일깨웠다.

사실 그에게는 조직의 상층부 몇몇만이 아는 비밀이 있었다.

그의 정체가 바로 흡혈귀의 일종인 노스페라투란 것이다.

그리고 그의 비밀을 알고 있는 이들 또한 그와 같은 노스페라투다.

그가 희생자들을 잔인하게 죽이는 것도 사실 노스페라투로서의 정체성 때문이다.

피를 갈구하는 노스페라투이기에 피의 갈증을 채우기 위해 일부러 희생자를 잔인하게 죽이는 것이다.

그런 자신을 찾아다니는 존재가 있음을 알게 된 후안은 부하 중 한 명을 희생양 삼아 함정을 준비했다.

그리고 계획은 제대로 맞아떨어졌다.

후안은 이전에도 자신과 같은 노스페라투를 노리는 사냥꾼을 이렇게 함정으로 끌어들여 처리한 경험이 있었다.

이번에도 사냥꾼으로 의심되는 존재를 함정에 빠뜨렸고, 걸려들었다.

"후후, 사냥꾼인가 보군. 하지만 날 잘못 보았다. 큭큭큭!"

후안은 더 이상 정체를 숨기지 않았다.

우드드득.

뿌드득, 뿌드득.

"우우우욱!"

후안의 몸 안에서 이상한 소리가 흘러나오더니, 그와 동시에 그의 몸이 부풀어 오르듯 덩치가 커졌다.

170㎝ 정도밖에 되지 않던 키가 2미터가 훌쩍 넘어갈 정도로 달라진 후안.

호리호리한 모습은 온데간데없이 사라지고, 보호 장비를 갖춘 미식축구 선수마냥 변해 버렸다.

마치 영화 속의 헐크를 보는 듯했다.

다만, 영화와 달리 후안의 변신 후 모습은 전혀 봐주지 못할 정도로 흉했다.

완전 다른 존재가 되어버린 후안이 걸친 것이라고는 다 찢어진 옷 조각이 전부였다.

휘익!

몸에 붙은 천 조각을 떼어버린 후안.

어느새 그와 비슷한 모습을 한 존재들이 골목의 앞뒤를 꽉 막고 서 있었다.

그 광경에 베이커는 너무 놀라 입을 크게 벌렸다.

"어, 어, 어……."

사람이 불과 몇 초 만에 다른 존재로 바뀐 것이다.

평범한 사람이라면 누구나 베이커와 같은 반응을 보일 것이다.

그렇지만 의문의 사내는 이런 사실을 이미 알고 있었다는 듯 아무런 감정의 변화도 보이지 않았다.

후안이 빙그레 미소를 지으며 말을 하였다.

방금 전과 다르게 그의 미소는 절대로 보기 좋은 모습이 아니었다.

거대하게 변한 신체 때문에 표피가 찢겨 나가고, 그 아래에 있는 시뻘건 근육과 힘줄이 그대로 드러났다.

"역시나, 짐작대로 역겨운 짐승들이었군."

사내는 후안과 그의 부하들을 둘러본 뒤, 낮게 중얼거렸다.

"호, 우리를 알고 있었나?"

사내의 말에 후안은 징그럽게 웃으며 대꾸했다.

여전히 자신감이 넘치는 태도였다.

"하지만 어쩌나… 네가 아무리 사냥꾼이라 해도 내가 너 같은 놈들을 한두 번 겪은 것이 아니거든."

후안의 말이 끝나기 무섭게 골목을 막고 있던 부하들이 사내에게 달려들었다.

그 사나운 기세에도 사내는 여전히 담담한 모습 그대로였다.

타다닥.

사내는 침착하게 허리 뒤로 양손을 가져가더니 곧 무언가를 꺼냈다.

척.

그의 손에 들린 것은 은색으로 반짝이는 권총이었다.

결코 평범한 권총이 아니었다.

코끼리 사냥에나 사용된다는 50구경 매그넘이었다.

사내는 천천히 팔을 휘둘러 자신을 향해 달려드는 노스페라투들을 향해 방아쇠를 당겼다.

탕! 탕! 탕!

퍽! 퍽! 퍽!

코끼리도 한 방에 쓰러트린다는 50구경 매그넘 탄을 맞았음에도 노스페라투들은 전혀 물러섬 없이 사내에게 달려들었다.

다른 권총에 비해 장탄 수가 적은 매그넘은 금방 바닥을 드러냈다.

틱! 틱!

휘익.

타탁.

사내는 총을 미련 없이 바닥에 버리고는 허리에서 또 다른 무기를 꺼냈다.

이번에도 권총이지만, 조금 전 사용한 무식한 형태가 아닌 글록 17이었다.

장탄 수가 무려 열일곱 발로, 조금 전 사용한 매그넘의 두 배하고도 세 발이나 더 들어가는 권총이다.

탕! 탕! 탕!

턱! 턱!

매그넘의 총격에 이어 여러 발의 총탄을 맞은 노스페라투는 더 이상 견디지 못하고 하나둘 쓰러졌다.

하지만 아직도 사내에게 몰려드는 노스페라투는 많았다.

그 모습만 봐도 그야말로 괴물이라 하지 않을 수 없었다.

휘익! 휙!

사내는 가까이 접근한 노스페라투들을 상대로 분투를 하였다.

하지만 아무리 장탄 수가 많다고 해도 정신없이 달려드는 노스페라투들을 상대로 언제까지 사용할 수 있는 것은 아니다.

막말로 1초에 한 번씩만 쏴도 17초면 탄창이 빈다.

휘익!

타닥!

빈총을 계속 들고 있는 것은 미친 짓이다.

다수의 적을 상대하기 위해선 적절한 무기가 필요했다.

그렇기에 사내는 또다시 손에 들고 있던 권총을 버리고 군용 대검을 꺼내 들었다.

날카롭게 날이 벼려져 있고, 칼등에는 톱날처럼 뾰족한 날이 달린 보위 나이프였다.

1차 대전 당시 미국 해병대 제식 칼이었던 보위 나이프는 이미 많은 영화를 통해 일반인들에게도 널리 알려진 칼이다.

휘익! 휙!

노스페라투의 공격을 피하며 사내는 화려한 무술과 칼을 이용해 그들을 상대하였다.

휘익.

쿵!

푹.

"끄아!"

칼에 찔린 노스페라투는 참을 수 없는 고통에 비명을 지르면서도 사내를 공격하였다.

보통 사람이라면 이미 몇 번이라도 죽었을 테지만, 괴물인 노스페라투는 끄떡도 않고 반격을 한 것이다.

"그만!"

갑자기 싸움을 중단시키는 후안.

그의 명령에 사내를 공격하던 노스페라투들이 동작을 멈추고 뒤로 살짝 물러났다.

언제든 신호만 떨어지면 사내에게 달려들겠다는 듯이, 기세를 죽이지 않고 경계를 취하며 물러섰다.

"허억, 허억……."

노스페라투들과 싸우던 사내도 많이 지친 탓인지 허리를 살짝 숙인 채 숨을 헐떡였다.

어찌어찌 잘 싸우기는 했지만, 수적 열세를 극복하기에는 무리가 있었다.

이미 싸움이 시작되기 전에 벗어버린 후드로 인해 사내의 얼굴이 드러났다.

짧게 깎은 금발은 마치 늑대의 갈기마냥 눈길을 끌었다.

그 아래 밝게 빛나는 푸른 눈동자 왠지 모르게 신비감이 느껴졌다.

하지만 눈 밑으로 드러난 그의 모습은 여전히 가려져 있었다.

산소 호흡기를 연상시키는 마스크를 쓴 상태였기에 확실하게 그의 외모를 알아보기는 어려웠다.

하지만 그럼에도 그가 무척이나 미남이란 것을 알 수 있었다.

"오, 사냥꾼치곤 잘생긴 친구로군."

후안은 싸움이 잠시 멈추자 사내를 자세히 살펴볼 수 있었다.

"정말 젊군. 하지만 참 안타까워. 내일 떠오르는 태양을 볼 수 없을 테니 말이야."

후안은 사내를 비웃듯 주절거렸다.

사내도 지지 않고 맞받았다.

"우습군. 정작 태양을 보지 못하는 것은 네놈들 아닌가."

노스페라투도 흡혈귀의 일종이라 태양 아래에서는 장시간 활동을 하지 못한다.

자외선에 피부가 타버리기 때문이다.

"뭐야!"

사내의 말에 망신을 당한 듯한 기분이 든 후안이 소리쳤다.

하지만 그것도 잠시.

후안은 곧 안정을 되찾고는 태연하게 말을 꺼냈다.

"뭐, 그건 영생을 선택한 순간부터 어쩔 수 없이 포기한 것이니 틀린 말은 아니군. 그렇다 해도 넌 확실하게 내일이 없을 것이다!"

마치 선언하듯 소리친 후안이 부하들에게 다시금 공격을 지시하려던 찰나.

"많이 지친 것 같구나."

골목이 한눈에 내려다보이는 건물 옥상에서 느닷없는 소리가 들렸다.

후안은 물론이고, 장내에 있던 모습 이들이 소리가 들린 곳으로 시선을 돌렸다.

처음 금발의 사내가 나타난 것처럼, 후드를 깊게 덮어쓴 누군가가 건물 옥상의 난간에 가부좌를 틀고 앉아 아래를 내려다보고 있었다.

"누구냐!"

"사부!"

"사부?"

금발의 사내가 반갑다는 듯이 옥상에 있는 이를 불렀다.

사부.

단순한 의미로는 가르침을 내리는 이를 칭하는 단어다.

하지만 후안은 결코 단순하게 생각하지 않았다.

눈앞의 금발사내의 실력도 결코 얕볼 수 없을 정도인데, 그의 스승이라면 당연히 더 뛰어난 실력을 갖고 있을 것이다.

아직 수적 우세는 여전하지만, 사부라 불린 자의 능력을 알 수 없으니 결과를 장담할 수는 없었다.

문득 후안은 불안한 예감이 들었다.

세상에는 오래전부터 노스페라투를 쫓는 사냥꾼들이 있어왔다.

그들은 노스페라투는 물론이고, 뱀파이어의 숙적이라 할 수 있는 라이칸들도 쫓았다.

그렇게 인간 외의 존재들을 말살하려는 존재를 사냥꾼이라 불렀다.

후안을 노스페라투의 길로 인도한 자 역시 숱한 사냥꾼들을 상대하며 죽음의 위기에 몰리기도 했다.

그러면서 '사부'라는 독특한 호칭을 사용하는 집단과는 될 수 있으면 연관되지 않으려 노력하였다.

그들은 여느 사냥꾼들과 달랐다.

사냥꾼들은 인외의 존재들과 싸움을 벌이다가도 세가 불리하면 언제든지 물러나지만, '사부'라는 특이한 호칭을 쓰는 집단은 그렇지 않았다.

마치 중세 시대의 광신도마냥 한 번 엮인 이와는 끝을 볼 때까지 물고 늘어졌다.

그렇기 때문에 뱀파이어나 라이칸들은 그들과 엮이지 않기 위해 애당초 동양으로는 들어가질 않았다.

그런 특이한 단어를 사용하는 집단은 주로 아시아, 그것도 극동 아시아에 분포해 있기 때문이다.

그런데 후안은 이곳 미국에서 그런 존재를 맞이하게 되리라고는 꿈에도 생각 못했다.

'제길!'

만약 금발사내가 저들과 연관이 있는 줄 알았다면, 이처럼 함정을 파는 어리석은 짓은 하지 않았을 것이다.

그저 뒤도 돌아보지 않고 줄행랑을 쳤을 것이다.

이들과는 얽히면 얽힐수록 손해였으니.

하지만 이제 와서 되돌릴 수는 없었다.

"제길, 모두 공격해!"

어쩔 수 없다고 판단한 후안은 남아 있던 부하들까지 모두 동원해 공격을 지시했다.

눈앞의 금발사내는 물론이고, 건물 옥상 위에 있는 의문의 사내까지 예외는 없었다.

"우웍!"

노스페라투로 변한 부하들은 후안과 다르게 말을 제대로 할 수 없는 것인지, 알아들을 수 없는 괴성을 지르며 달려들었다.

"쯧."

옥상 위에 앉아 있던 사내는 금발사내가 노스페라투들의 습격에 밀리자 혀를 차며 뛰어내렸다.

보통 사람이라면 감히 흉내도 내지 못할 행동이었다.

10m가 훌쩍 넘는 높이에서 아무런 보호 장비도 없이 뛰어내린 사내는 가볍게 바닥에 발을 디뎠다.

그와 동시에 마치 시위를 벗어난 화살처럼 순식간에 금발사내를 포위한 노스페라투 무리 틈으로 파고들었다.

퍽!

이어 짧고 둔탁한 소리가 들리더니, 노스페라투들이 사방으로 날아갔다.

분명 단 한 번의 소리였지만, 드러난 결과는 달랐다.

"아니!"

그 광경에 후안은 깜짝 놀랐다.

비록 최하위 노스페라투라고는 하지만, 곰도 찢어 죽일 수 있을 정도로 강력한 힘을 갖고 있다.

그런데 힘 한 번 제대로 써보지 못하고 허무하게 무력화

된 것이다.

"너, 넌 누구냐!"

후안은 더 이상 금발사내에게는 시선을 주지 않고, 새롭게 나타난 사내를 노려보았다.

옥상에서 뛰어내리면서 자연스럽게 후드가 젖혀졌는데, 도깨비 가면을 쓰고 있어 얼굴을 확인할 수 없었다.

"흡혈귀 따위가 감히 인간 세상에서 대놓고 활보하다니, 말세로군."

사내는 자신의 할 말만 하고는 순식간에 후안에게 접근하였다.

그리고 말이 채 끝나기도 전에 오른손을 후안의 명치 부위에 가져다 댔다.

"컥!"

사내가 가볍게 가슴에 손을 대었다 뗀 것만으로도 후안의 심장은 박살이 나버렸다.

아무리 뱀파이어의 일족인 노스페라투라고 하지만, 심장이 완전히 박살 난 상태에서는 더 이상 삶을 이어갈 수 없었다.

"커컥! 제, 제길, 이대로 죽을······."

털썩!

후안은 더 이상 말을 내뱉지 못하고 그대로 쓰러졌다.

푸스스슥!

숨이 끊긴 후안과 부하 노스페라투들은 마치 물에 젖은 모래성마냥 형태가 허물어지기 시작했다.

"감사합니다, 사부님."

금발사내는 생명의 위기에서 자신을 구해준 사내를 보며 감사를 전했다.

하지만 사내의 반응은 냉랭했다.

"떨어져 있는 동안 수련을 게을리한 것 같구나. 겨우 저런 미물 따위에게 고초를 겪다니. 다시 기초부터 수련을 할 것이니, 준비하거라."

"네? 아니, 사부님. 제발 그것만은……."

골목 한구석에 숨어 있던 베이커는 조금 전까지만 해도 괴물과 드잡이를 하며 용맹하게 싸우던 사내가 애교를 부리는 모습에 놀라 눈을 크게 떴다.

그만큼 새로 나타난 사내가 보여준 신위는 충격적이었다.

"가자."

"제발, 사부님!"

금발사내는 애원하듯 소리쳤다.

하지만 사내는 한 번 꺼낸 말을 거두지 않았다.

두 사람이 골목 밖으로 사라질 때까지 베이커는 꼼짝도 하지 못했다.

그러다 어느 순간 몸을 부르르 떨었다.

앞서 걸어가던 사내가 가면을 살짝 내려 무서운 눈빛으로 그를 바라보았기 때문이다.

너무도 무심한, 무기질마냥 아무런 감정도 담겨 있지 않은 눈동자였다.

Chapter 8

신드롬

미국, 아니, 울프 TV가 방영되는 모든 국가에서 정수현 신드롬이 불어닥쳤다.

사실 수현에 대해서는 이미 작년 곰 우리에 떨어진 소년을 구한 후로부터 알음알음 전해지고 있었다.

유명 스타가 아이를 구하기 위해 자신의 목숨도 돌보지 않고 뛰어들었다는 영웅적인 행위에 사람들은 열광하였다.

각박한 현대 사회에서는 조금도 손해를 보려고 하지 않는 현상이 두드러진다.

그런데 자신의 목숨이 위험할 수도 있는 상황에서 다른 사람에게 도움을 준다는 것은 웬만한 마음가짐으로는 도저히 불가능했다.

　게다가 아무리 연예인이 사람들의 관심으로 살아가는 존재라 하지만, 그런 위태로울 수 있는 상황에서 계산적인 행동을 한다는 것은 있을 수 없는 일이다.

　평소부터 그런 마음가짐을 갖고 있기에 언제 어느 상황에서라도 일관된 행동을 보일 수 있는 것이다.

　그런데 수현은 그런 행동을 한 것이 처음이 아니었다.

　몇 년 전에도 쓰나미에 휩쓸린 소녀를 구한 적이 있는 것이다.

　거대한 재해인 쓰나미는 인간이 어찌할 수 없는 자연의 심판이다.

　당연히 그 앞에서 인간이 할 수 있는 게 없다.

　그리고 그럴 때면 인간의 능력을 넘어서는, 신과 같은 능력을 가진 초인을 떠올린다.

　자신이 초능력을 가지고 있어 그런 상황을 타파하거나, 아니면 초월적인 존재가 나타나 자신을 구해주기를 상상하는 것이다.

　슈퍼 히어로가 등장하는 코믹스가 인기를 끄는 것도 그런 이유에서였다.

　슈퍼 히어로들의 활약이 사람들이 요구하는 욕구를 충족시켜 주기 때문이다.

　그런데 그런 슈퍼 히어로와 비슷한 일을 해낸 사람이 현실에 나타났다.

더욱이 그는 엄청난 재능을 가지고 있기에 충분히 슈퍼 히어로라고 불러도 손색이 없었다.

수십 가지 외국어를 자유자재로 구사하고, 모르는 언어도 약간의 시간만 주어지면 금방 익혀 버린다.

비록 코믹스에 나오는 슈퍼 히어로처럼 눈에서 광선이 나간다거나 하늘을 날고, 또 총알을 튕겨낼 수는 없지만, 여러 무술을 섭렵한 달인으로 날아오는 총알을 피하기도 했다.

듣는 것만으로도 흥분하지 않을 수가 없는 능력이다.

그런데 그게 끝이 아니었다.

무엇보다 수현은 정의로웠다.

약자를 괴롭히지 않고, 어려운 사람이 있으면 주저 없이 도움의 손길을 내밀었다.

그런 수현이 지금, 현실과 브라운관을 오가면 비슷한 행보를 하고 있으니, 사람들은 열광을 할 수밖에 없었다.

슈퍼 히어로가 등장하는 코믹스나 영화, 드라마를 보면서 만족감을 전해준 존재가 현실에도 존재하니 당연한 결과다.

수현의 정보가 공개되고, 그가 속한 아이돌 그룹, 로열 가드가 영어로 된 앨범을 가지고 나왔다.

이전에는 소수의 사람들만이 즐기던 K—POP이나 한국 드라마가 정식으로 미국에 데뷔하여 활동을 개시했다.

또 울프 TV에서는 수현이 조연으로 등장하는 드라마가 방영되기 시작했다.

그 순간, 미국인들은 환호했다.

자신들이 평소 꿈꾸던 영웅이 그곳에 있었다.

드라마 속, 어려움에 처한 주인공을 극적으로 구해주는 장면에서 사람들은 열광했다.

물론 주인공도 무척이나 뛰어난 능력을 가진 존재였다.

사람들이 알아주지 않는 어둠 속에서 악당이나 괴물들을 상대로 싸우는 주인공.

게다가 그 역을 맡은 이는 할리우드가 주목하고 있는 신세대 미남 스타, 조엘 하트였다.

잘생긴 외모에 눈부신 금발, 사파이어를 연상시키는 푸른 눈동자.

키도 크고 또 전체적인 신체 비율도 좋아 톱 모델로도 활동한 이력이 있다.

거기에 연기력까지 인정받으면서 조엘 하트는 10대에서 30대 여성들에게 가장 핫한 남자 배우로 선정될 정도로 큰 인기를 누리고 있었다.

그런 이유로 울프 TV에서 주연으로 발탁한 것이기도 하고.

조엘 하트가 주연을 맡은 '시티 오브 가디'는 1시즌부터 사람들의 주목을 모았다.

원래 미국에서 제작되는 드라마를 살펴보면, 가장 능력 있는 존재는 거의가 백인이다. 하지만 이번 '시티 오브 가더'에서는 분명 뛰어난 능력을 가진 것은 맞지만, 그렇다고 주인공이 최고의 능력자는 아니었다.

아니, 오히려 악당들보다도 살짝 능력이 떨어져 기지를 발휘하거나 다른 이들에게 도움을 받아 문제를 해결하는 경우가 많았다.

한마디로 히어로이면서도 인간적인 면모를 보여주는 것이다.

무엇보다 시즌 2에 들어서면서 그런 경향이 조금 더 두드러졌다.

시즌 1에서는 주인공이 맹목적인 복수심에 휩싸여 악당이나 괴물들을 쓰러트렸다면, 시즌 2에서는 주변 인물들과의 관계와 그 속에서 겪는 갈등을 좀 더 부각시켰다.

그러다 보니 스토리가 더욱 탄탄해져 많은 시청자들을 끌어들일 수 있었다.

아울러 주인공 역할을 맡은 조엘 하트의 인기도 수직 상승했다.

그런데 '시티 오브 가더'에서 가장 인기가 있는 것은 조엘 하트가 아니었다.

주인공이 고난에 처했을 때마다 나타나 구해주는, 신비한 도깨비 가면을 쓴 사부가 가장 인기 캐릭터였다.

분명 주인공보다 나이가 많다는 설정이지만, 수현의 외모를 반영하듯 주인공보다 더 어려 보이는 얼굴이 신선하게 다가간 것이다.

어떤 이들은 같은 나이에 비해 더 어려 보이는 동양인의 외모를 두고 '동양의 신비'라 여기기도 했다.

사실 기존 동양 판타지에서 사부의 이미지는 흰머리를 휘날리며 근엄한 표정을 짓고 있는 것이 대부분이다.

그게 아니라면 민머리에 염소수염을 한 중국 할아버지 정도가 있을 뿐이었다.

그런데 '시티 오브 가더'에서 수현이 맡은 사부 캐릭터는 지금까지 갖고 있던 고정관념을 여지없이 깨트려 버렸다.

젊은이처럼 멋을 낸 짧은 머리와 모든 신비를 간직한 듯한 검은 눈동자.

거기에 몇 천 년의 시간이 정지된 듯한 젊은 외모와 모든 것에 무감각한 듯 시크한 표정은 사람들에게 '사부' 열풍을 일으키기에 충분했다.

'시티 오브 가더' 시즌 2는 그동안 미국인들이 봐온 슈퍼 히어로의 요소가 모두 들어 있는데, 거기에 멜로를 섞고, 신비한 동양 판타지를 넣으면서도 기존과는 다른 새로운 것을 추구했다.

어떻게 보면 너무 많은 요소들의 결합으로 자칫 난잡해질 수도 있지만, 연출자는 이를 적절히 배치하면서 새로운 지평을 열었다.

특이하게도 이런 인기를 가장 먼저 포착하고 움직인 것은 광고 업체가 아닌 장난감 회사였다.

물론, 영화나 드라마가 흥행하면 그와 관련된 상품이 나오기는 한다.

하지만 이는 인기가 한창일 때 나오는 것이지, 아직 방영 초기인 상태에서 장난감 붐이 벌어지는 경우는 아주 이례적이었다.

드라마에서 수현이 맡은, '사부'가 쓰고 등장하는 소품인 가면이 바로 그것이다.

사실 원래의 대본에는 그런 소품이 없었다.

하지만 수현의 제안으로 도깨비 가면이 등장하게 되었는데, 그로 인해 사부 캐릭터가 더욱 신비롭게 부각되는 효과를 가져왔다.

처음 설정에서 사부는 맨 얼굴로 등장하는데, 한국의 고대 무술을 연마하며 높은 깨달음을 얻어 젊음을 찾은 인물이었다.

게다가 부작용으로 노화가 중단되어 영원히 젊음을 유지한다는 설정이고, 이를 나타내는 것이 바로 사부의 얼굴이 무표정하다는 것이었다.

그런데 수현이 생각하기에 처음부터 그냥 얼굴을 드러내

는 것보다는 가면 같은 걸 쓰고 등장하는 것이 더 극적일 것 같았다.

그래야 얼굴이 공개되더라도 큰 거부감 없이 설득력을 가질 수 있다고 생각했다.

그리고 또 가면은 얼굴을 가린다는 점에서 신비감을 더해 준다.

시청자들로 하여금 '가면 뒤의 얼굴이 어떨까?' 하는 궁금증을 유발시킨다는 소리다.

'무엇 때문에 사부가 가면을 쓰고 등장을 할까?', '사부의 얼굴은 어떻게 생겼을까?' 등의 많은 상상을 하게 될 것이고, 그 모든 것은 드라마의 흥행으로 연결될 것이다.

수현의 제안에 '시티 오브 가더'의 연출자도 타당하다는 판단을 내려 사부가 가면을 쓰고 등장을 하게 만들었다.

하지만 어떤 가면이 좋을까, 라는 의견이 나오자 수현은 바로 한국인들에게 익숙한 치우천왕 가면을 제안했다.

세계 각지에는 그야말로 다양한 가면들이 있다.

그렇지만 그런 것들은 '시티 오브 가더'의 설정과 맞지 않았다.

'시티 오브 가더'에서 주인공을 가르친 사부는 동양인, 그것도 극동 아시아에 위치한 대한민국의 고대 호국 무공을 마스터한 사람이다.

그러니 중국이나 일본의 가면을 쓴다는 것은 말이 맞지

스타라이브

않았다.

그렇다고 마당놀이에 등장하는 탈을 사용하는 것은 사부의 이미지와 어울리지 않았다.

그때 수현이 생각해 낸 것이 바로 환단고기에 나오는 치우천왕이었다.

전해져 내려오는 설화나 액운을 막기 위해 기와에 치우천왕의 얼굴을 그려놓은 것 등을 고려하면 드라마 설정과 딱 맞았다.

수현은 이러한 것들을 설명하면서 치우천왕의 얼굴이 새겨진 도깨비 문양 기와를 제작진에게 보여주었다.

그 뒤로는 일사천리였다.

제작진은 수현이 보여준 도깨비 문양을 보고 '바로 이것이다!' 란 외침을 쏟아냈다.

그게 바로 그들이 찾던 것이었다.

사부 캐릭터를 만들고 나서 기존에 정립된 히어로물에서 흔히 다뤄지던 마스터의 모습이 아닌, 더욱 신비감을 표현할 도구가 무엇일까 고민에 고민을 거듭했지만, 영감이 확실하게 잡히지 않았다.

그러던 것이 수현의 제안으로 너무도 쉽게 풀려 버렸다.

그 뒤로는 쭉 뻗은 레일 위의 초고속 열차처럼 빠르게 달려갔다.

그리고 인기 또한 초고속으로 상승하고 있었다.

울프 TV는 그야말로 흥행 대박을 터뜨렸다.

*   *   *

의도하지는 않았지만, 모든 일이 사람이 의도한 대로만 흐르는 것은 아니다.

그런데 '시티 오브 가더'의 시즌 2는 수현의 제안으로 인해 사부 '현'이란 캐릭터가 주연 이상으로 살아났다.

시즌 1에서는 그저 주인공에게 동양의 신비한 무술을 가르쳐 준 스승으로 그려졌을 뿐인 캐릭터가 시즌 2에서 가면 하나로 강렬한 이미지를 심어주며 역할의 비중이 커진 것이다.

시즌 1에서는 그저 수현의 이미지를 살리기 위해 카메오 출연에 그쳤다면, 시즌 2에서는 총 스물네 편 중 열여섯 편에 출연할 예정이다.

아니, 기획된 분량 중 벌써 절반이 넘는 열여섯 편이 촬영된 상태인데, 수현은 로열 가드의 미국 일정 때문에 시즌 2에서 출연하는 분량을 모두 마친 상태였다.

사실 이런 촬영은 미국에서 흔한 방식은 아니다.

스케줄 때문에 어쩔 수 없이 순서와 관계없이 찍은 탓에 제작진만 더 힘들어진 것이다.

그나마 다행이라면, 수현이 출연한 부분은 NG가 별로

스타일이드

나오지 않아 금방 촬영이 마무리되었다.

그래서 중간에 들어갈 장면에 대한 촬영은 시간이 충분한 상황이다.

즉, 순서대로 방송을 내보내는 데는 전혀 지장이 없다는 소리였다.

더욱이 '시티 오브 가더'는 시즌 1때도 그렇게 많은 예산이 들지 않았는데, 시즌 2에서는 많은 기업들이 PPL을 신청하여 제작비가 남아돌 지경이었다.

그 때문에 울프 TV는 물론이고, 제작사 측에서도 연일 즐거운 비명을 질렀다.

특히나 사부 현이 쓰고 나오는 도깨비 가면은 아이들은 물론이고, 어른들까지 좋아하였다.

사실 그에 대해서는 나름의 이유가 있었다.

시즌 2 초기, 현이 주인공 조엘을 위기에서 구해주면서 무서운 괴물 모습을 한 가면을 왜 쓰냐는 질문에 대답을 해주는 장면이 나온다.

그때, 현은 한민족에게 신화처럼 등장하는 제왕의 얼굴을 형상화한 것이라 설명을 들려준다.

마치 전설과 같은 용맹한 제왕의 이야기에 주인공은 물론이고, 시청자들도 정신없이 빠져들었다.

더욱이 시즌 1때와 시즌 2에서 본격적으로 활동을 하기 위해 등장한 사부의 모습은 완전히 달라져 있었다.

시즌 1때의 사부는 그동안 동양인 무술 스승의 전형적인 이미지에 맞춰 흰머리와 전통 복장을 갖추고 있었다면, 시즌 2에서는 그야말로 파격적이라 할 만큼 완전히 바뀌어 있었다.

어떻게 보면 주인공인 조엘보다 더 어려 보이기까지 했다.

실제로는 주인공 역할을 맡은 조엘 하트보다 사부 역인 수현의 나이가 네 살이나 더 많았다.

그런 이유 때문에 '시티 오브 가더'의 촬영장에서는 수현이 진짜로 한국에서 고대 때부터 내려오는 신비한 문파의 후예가 아닌가 하는 소문이 돌기도 했다.

물론 수현은 빙그레 미소를 지을 뿐, 가타부타 이야기를 하지 않고 웃어버렸다.

자기 딴에는 말도 되지 않는 이야기였기에 별 반응을 하지 않은 것인데, 이를 받아들이는 입장에선 마치 긍정을 하는 것으로 받아들여졌다.

그렇듯 수현은 드라마 안에서든 밖에서든 너무도 신비하게 느껴졌다.

그러니 사람들이 수현에게 열광을 하지 않을 수가 없고, 어린아이들은 마치 아버지와 할아버지들이 그런 것처럼 드라마 속 캐릭터의 가면을 쓰고 이를 흉내 냈다.

이러한 열풍은 비단 어린아이들에게서만 그친 것이 아니

었다.

청소년들에서 어른들까지 유행에 동참하며 '시티 오브 가더' 시즌 1과 시즌 2의 명장면들을 새롭게 재현한 모습을 촬영해 너튜뷰에 올리는 것이 들불처럼 번지기 시작했다.

그런데 그중 가장 많이 소재가 된 것은 주인공인 조엘이 아닌, 그의 스승 현이었다.

시즌 1때의 흰 머리를 곱게 틀어 올린 상투 차림이나, 시즌 2에서 도깨비 가면을 쓰고 나타나 주인공 조엘을 구하는 장면이 가장 많이 리메이크되었다.

그러다 보니 사부 현의 역할을 맡은 수현의 인지도는 자연스럽게 상승하였고, 그에 덩달아 로열 가드의 인기도 날로 치솟았다.

더군다나 로열 가드는 '시티 오브 가더'에 등장하는 사부 현의 테마곡을 부르면서 더욱 유명해졌다.

다만, 그 와중에 로열 가드의 멤버들이나 킹덤 엔터의 관계자들이 대놓고 좋아할 수 없는 일이 발생했다.

그것은 바로 로열 가드의 싱글 앨범 수록곡인 'Love Game'보다 '시티 오브 가더'에서 사부 현의 테마곡으로 부른 'The Greatest'의 빌보드 순위가 더 높다는 것이었다.

두 곡 모두 로열 가드가 부르긴 했지만, 그래도 자신들이

타이틀곡이 드라마 OST에 밀렸다는 것은 어찌 볼 때 자존심이 상하는 일이었다.

*　　　　*　　　　*

"괴물들아, 내 제자를 놔줘!"

도깨비 가면을 쓴 꼬마아이가 담벼락 위에서 보자기를 목에 두른 채 양손을 허리에 척 올리며 소리쳤다.

본인은 멋있다고 생각할지 모르겠지만, 이를 보고 있던 다른 아이들에겐 그렇지 않은 모양이었다.

"야! 그게 아니잖아!"

"뭐가!"

"사부님은 그렇게 하지 않아!"

"아니야! 사부님은 이렇게 나타나!"

"뭐야! 제이슨은 '시티 오브 가더' 보지 못한 거 아냐?"

도깨비 가면의 아이가 거듭해서 자신의 주장을 내세우자 다른 아이들이 한데 모여서 웅성거리기 시작했다.

"이, 이……."

그러자 도깨비 가면을 쓴 제이슨은 순간 분한 생각이 들었다.

사실 방금 전에 친구가 한 말이 맞았다.

제이슨은 부모님이 TV 시청을 제한한 탓에 요즘 유행하고 있는 '시티 오브 가더'를 보지 못했다.

다만, 머리가 좋은 제이슨은 친구들이 떠드는 몇 가지 이야기를 듣고 머릿속으로 짜깁기를 하여 흉내를 냈을 뿐이다.

그리고 지금 제이슨이 연출한 것은 주인공 조엘이 위기에 처한 상황에서 사부 현이 구해주러 등장하는 장면이었다.

위기에 처한 제자를 보며 바로 구해주지 않고 놀리면서 등장하는 현, 그것이 바로 '시티 오브 가더'에서 등장하는 현의 캐릭터였다.

매번 등장할 때마다 대사는 다르지만, 내용은 대동소이했다.

별거 아닌 적에게 둘러싸여 위기에 처한 모습이 한심하다는 듯 쏘아붙이는 말은 기존에 주인공이 가지고 있는 절대적인 카리스마와는 전혀 달랐다.

그러면서도 마치 물가에 내놓은 자식을 살피듯 하는 동양적인 사상이 잘 녹아들어 이를 시청하는 미국인들도 단순히 가르침을 주고받는 선생과 학생의 사이를 넘어 동양적인 스승과 제자의 관계에 대해 깊이 인식하게 되었다.

그래서인지 기존의 사고와는 다른 '시티 오브 가더'의 스토리 내 동양적 사상은 흥행에 크게 한몫하고 있었다.

그런데 지금 제이슨이 연기한 사부 현은 그런 위트가 전혀 없는 전형적인 히어로물의 주인공이었다.

그러니 아이들이 반발을 하는 것이었고.

"이번에는 내가 사부 할 거야! 줘!"

한쪽에서 아이들이 놀고 있던 것을 지켜보던 정현이 우두 커니 서 있는 제이슨에게 다가가 손을 내밀었다.

원래 그 도깨비 가면은 정현의 것이었다.

정현은 작년까지만 해도 한국에 살고 있었다.

그런데 아빠가 이곳 미국 지사로 발령 나면서 가족이 모두 미국으로 이민을 왔다.

정현의 아빠는 최소 3년은 이곳 미국 지사에서 근무를 해야 했다.

그동안 가족이 떨어져 있는 것을 죽도록 싫어한 것은 물론이고, 정현의 엄마 또한 자식의 교육에 관심이 많던 상황이었다.

결국 온 가족이 미국으로 이민을 오면서 정현은 정든 친구들과 떨어지게 되었다.

말도 잘 통하지 않는데다 9월이나 되어야 학기가 시작되는 미국이다 보니 정현은 함께 놀 친구가 없었다.

그런데 얼마 전부터 상황이 백팔십도 변했다.

처음 이사를 왔을 때만 해도 정현은 아시아인이란 이유로 따돌림 아닌 따돌림을 당했다.

자신들과 다른 피부색을 가진 정현의 모습에 아이들이 거부감을 느끼며 꺼려했기 때문이다.

사실 차별은 어른보다 아이들 사이에서 더욱 심하다.

사소한 것으로 집단 따돌림을 하기도 하고, 그런 것이 전혀 나쁘다고 생각하지도 않는다.

그도 그럴 것이, 아이들은 자신을 보호하기 위한 본능으로 자신과 다른 것을 배척하기 때문이다.

그렇게 배척을 받던 정현의 상황이 바뀌었다.

얼마 전, 울프 TV에서 방영되기 시작한 드라마 한 편 때문이었다.

전형적인 히어로물 드라마이지만, 정현에게 '시티 오브 가더' 시즌 2는 새로운 전기를 마련해 주었다.

한국의 어린이들은 대개 밤늦게까지 잠을 자지 않고 활동을 한다.

아침 일찍 학교에 가는 것으로 시작해 수업을 마치면 각종 학원을 다니느라 밤늦게까지 밖에 있어야 하기 때문이다.

만약 미국이었다면 감히 있을 수도 없는 일이겠지만, 한국에서는 자식을 남들에게 뒤처지지 않게 하기 위해 어쩔 수 없다는 명목 아래 모든 게 용서된다.

물론 사실은 엄마의 강요에 못 이겨 아이들이 늦게까지 학원을 다니는 것이지만.

어쨌든 그런 일과가 미국으로 왔다고 해서 바뀌는 것은 아니었다.

한국에서처럼 학원을 다니는 것은 아니지만, 이미 습관이 되어버린 탓에 정현은 일찍 잠들지 못하고 밤늦게까지 깨어 있었다.

그러다 보니 TV와 케이블 방송을 늦은 시간까지 시청하게 되었다.

그런데 웃긴 점은 정현의 엄마가 그런 것은 터치하지 않는다는 것이었다.

그도 그럴 것이, 미국이다 보니 모든 방송이 영어로만 나온다.

자막도 없다.

즉, 영어 교육에 좋다는 판단에 TV 시청을 막지 않은 것이었다.

실제로 정현과 정현의 누나는 그 덕분ㄴ에 영어 회화 실력이 많이 늘었다.

거기에 요즘 방영되는 '시티 오브 가더'로 인해 아시아인, 특히 한국인에 대한 이미지가 좋아졌다.

전에는 시끄러운 중국인이나 탐욕스러운 일본인과 함께 한국인도 이미지가 그리 좋은 편은 아니었다.

많이 개선되었다고는 하지만, 아직도 아시아인들을 못살고, 지저분하고, 게으른 사람들이라며 폄하하는 사람들이 많았다.

하지만 드라마 한 편이, 아니, 거기에 등장하는 한 인물의 영향으로 인해 한국인에 대한 이미지가 대폭 상승해 미국인들에게 친근하게 다가가고 있었다.

거기에 편승해 한국에서 좋은 이미지를 받고 돌아온 사람들이 전하는 입소문이 퍼지면서 더욱 그런 현상을 부채질하였다.

그런 분위기 속에서 정현도 점점 친구들이 늘어갔다.

처음에는 피부색이 다른 정현을 꺼려하였지만, 한국인들에 대한 이미지가 개선되면서 친구들이 다가오기 시작한 것이다.

당연히 요즘 유행하고 있는 드라마에 대한 이야기가 나오고 공통분모가 생기니, 아이들은 더욱 빠르게 친해졌다.

함께 놀이를 공유하면서 정현은 예전 친구들과 놀 때의 표정을 되찾았다.

오늘도 드라마에서 소품으로 사용되던 치우천왕의 가면을 가지고 나와 공유를 하며 놀고 있는 중이었다.

"그래, 이번에는 정현이가 사부 현을 해봐. 이름도 비슷하니까 제이슨보다 더 잘할 거야."

한 아이가 아직 가면을 들고 있는 제이슨에게 몰아붙이듯 이야기를 쏟아냈다.

그런데 역시나 아직은 어린아이다 보니 말이 앞뒤가 맞지 않고 억지도 섞였다.

사실 현이란 이름은 한국이나 중국에서 참으로 흔했다.

그런데 고작 그런 것을 가지고 아이는 드라마 속 사부 현의 역할을 정현이 더 잘할 것이라 믿고 있었다.

웃긴 것은, 그런 논리에 다른 아이들이 동조한다는 것이다.

당연히 매몰차게 부정당한 제이슨으로서는 도저히 받아들일 수가 없는 노릇이었다.

제이슨은 정현에게 긍정적으로 대하는 친구들의 태도에 화가 난 나머지 들고 있던 가면을 내던지기라도 할 듯이 높이 들어 올렸다.

하지만 차마 땅바닥에 던지지는 못했다.

그도 그럴 것이, 모든 아이들이 자신이 들고 있던 가면을 뚫어지게 쳐다보고 있었기 때문이다.

지금 모인 아이들에게 지금 제이슨이 들고 있는 치우천왕 가면은 그만큼 중요했다.

놀이를 하기 위해선 그 가면이 꼭 필요했다.

그런데 현재 그 가면은 하나뿐이다.

제이슨도 자신이 들고 있는 치우천왕 가면이 가치를 잘 알고 있었다.

만약 제이슨이 가면을 망가트린다면, 앞으로 두 번 다시 친구들과 어울리지 못할 것이 분명했다.

그러니 단순히 기분이 나쁘다고 해서 친구들의 소중한 가면을 막 대할 수가 없었다.

"자!"

척.

그렇다고 기분이 풀린 것이 아니기에 제이슨은 정현에게 내동댕이치듯 가면을 안겨주며 한쪽으로 물러섰다.

"윽!"

강하게 부딪쳐 오는 가면 때문에 살짝 통증이 느껴져 신음했지만, 정현은 굳게 입을 다물며 참았다.

"자, 다시 하자!"

가면이 정현의 손에 들려지자 아이들 중 한 명이 다시 놀이를 이어가고 떠들었다.

"그래!"

그렇게 아이들의 놀이가 다시 시작되었다.

악당 역할을 맡은 아이들은 한 아이를 둘러싸며 위협하는 척했고, 정현은 조금 전 제이슨이 있던 담 위로 올라갔다.

그러고는 드라마에서 현이 그런 것처럼 가부좌를 틀고 앉았다.

당연한 말이지만, 가부좌가 익숙한 한국인이라 좁은 담 위에서도 중심을 아주 잘 잡고 앉았다.

그러면서 마치 정말로 현이 빙의한 것처럼 연기를 하기 시작했다.

"쯧쯧, 그런 조무래기도 하나 처리하지 못하고 몰렸구나."

그야말로 제자 조엘을 나무라는 듯한 사부 현의 모습이 재현되었다.

아이들이 놀란 시선으로 자신을 쳐다보자 정현은 담 위에서 가볍게 뛰어내렸다.

"우와!"

그 자연스런 모습에 아이들은 환호하였다.

방금 전에 보여준 정현의 모습이 드라마 속에서 사부 현이 한 것과 똑같았기 때문이다.

정현은 친구들의 환호에 힘이 나는지, 더욱 실감나게 다음 행동으로 들어갔다.

몰려 있는 친구들 틈으로 뛰어들어 한국에서 배운 고난도 발차기들을 선보이기 시작한 것이다.

비록 드라마 속에서 사부 현이 보이는 현란한 움직임은 아니지만, 정현 또래의 아이들에게는 그야말로 신세계였다.

아직 어린 정현이 회전을 하면서 펼치는 뒤 후리기나 공중에 양발을 띄우고 차는 나래차기와 한 발로 뛰어 오르며 공중에서 회전을 하면서 하는 화려한 발차기는 드라마 속 사부 현의 움직임과 똑같았다.

"와아! 와! 정현이 최고다!"

배역을 맡아 연기를 하던 아이들은 물론이고, 곁에서 지켜보던 여자아이들도 하나같이 정현을 보며 환호하였다.

그리고 조금 전까지 사부 현 역할을 하던 제이슨도 놀란 눈으로 정현의 모습을 지켜보았다.

'멋있다!'

제이슨은 그동안 자신이 무시하던 정현이 저렇게나 무술을 잘하는 줄은 꿈에도 몰랐다.

자신이 아는 아시아인 아이들은 대개 몸집이 작고 자신감이 없기 일쑤였는데, 정현은 전혀 그렇지 않았다.

비록 이곳에 온 지 몇 달 되지 않아 말이 어눌하기는 하지만, 의사를 주고받는 데는 아무 문제가 없었다.

적극적이고 긍정적인 사고를 하면서도 너무 나대지 않았다.

차분하고 친구들의 이야기를 잘 들어주는 조용한 아이였다.

그런데 저렇게 무술까지 잘할 것이라고는 전혀 생각지 못했다.

가만히 보고 있으려니, 언젠가 형에게서 들은 이야기가 떠올랐다.

제이슨이 생각하는 자신의 형은 아빠만큼이나 덩치가 크고 무척이나 강한 군인이었다.

그런 형이 휴가를 나와서 들려준 이야기는 참으로 신기했다.

한국에 파견 나가 있는 형이 말하길, 한국인들은 모두 태권도를 배워 싸움을 잘한다고 했다.

괜히 몸집이 작다고 한국인을 얕봤다간 큰코다칠 수 있으니, 절대 무시하지 말라는 이야기를 들려주었다.

뒤늦게 형의 이야기가 떠오른 제이슨은 앞으로는 정현을 무시하지 말아야겠다는 생각을 하였다.

*　　　　*　　　　*

오랜만에 LA에 온 수현은 존 존스를 만나기 위해 그의 레이블로 향하고 있었다.

그런데 아이들이 모여서 놀고 있는 모습을 보고는 문득 걸음을 멈췄다.

여러 아이가 한 아이를 포위한 채 윽박지르고 있는데, 그 모습을 다른 아이들이 한쪽에서 지켜보고 있었다.

혹시나 집단 따돌림이나 폭행이 일어나는 것은 아닌가 걱정이 되어 잠시 지켜보기로 했는데, 잠시 뒤에 한 아이가 조금 떨어진 담벼락 위로 가면을 쓰고 나타났다.

"괴물들아, 내 제자를 놔줘!"

도깨비 가면을 쓴 채 담벼락 위에 나타난 아이가 당돌하게 선언했다.

그 모습에 수현은 순간 헛웃음을 짓고 말았다.

그리고 그건 수현과 동행하던 김성수 또한 마찬가지였다.

"풋!"

김성수는 수현이 처음 연예계에 들어왔을 때 매니저를 맡은 이였다.

그러다 수현이 아이돌 그룹으로 데뷔하면서 다른 연예인을 맡고 있었다.

그런데 로열 가드가 미국에 진출하면서 상황이 바뀌었다.

한국에서야 스케줄이 고만고만해서 기존 매니저들로 충분했지만, 수현의 활동 영역이 넓어지면서 감당이 되지 않은 것이다.

그 때문에 어쩔 수 없이 다른 곳에서 매니저를 수혈할 수밖에 없었는데, 마침 담당하던 연예인이 다른 기획사로 소속을 옮기면서 한가하게 된 김성수가 다시 수현을 수행하게 되었다.

다시 만난 수현과 김성수의 위상은 180도 바뀌어 있었다.

베테랑 매니저였던 김성수가 수현을 처음 맡은 것은 4년 전이다.

그런데 수현은 어느덧 미국에서도 알아주는 유명 스타가 되어 있었다.

김성수는 감정이 이루 말할 수 없을 정도로 복잡했다.

물론 신인 때도 수현은 충분히 스타가 될 자질을 보여주었고, 모델로서는 충분히 성공할 것이라 믿었다.

그렇지만 이 정도까지 유명해질 줄은 상상도 못했다.

대한민국뿐만 아니라 이곳 미국에서도 수현은 유명 스타다.

아직 최고의 위치에까지 올랐다고 할 정도는 아니지만, 그래도 겨우 드라마 한 편을 찍었을 뿐인데 벌써 여기저기에서 영화 대본이 들어오고 있었다.

그중에는 할리우드에서 이름을 날리고 있는 감독의 작품도 포함되어 있어 수현을 다시 맡게 된 성수의 어깨에 절로 힘이 들어갈 정도였다.

수현의 인기를 실감할 수 있는 사례는 많았다.

오늘도 마찬가지였다.

수현과 함께 길을 걷다 아이들이 노는 모습을 보았는데, 흔한 역할 놀이였다.

놀라운 점은 아이들이 따라 하는 것이 수현이 출연한 드라마의 캐릭터라는 점이었다.

사실 수현이 출연한 '시티 오브 가더'의 시청 연령은 15세 이상였다.

그런데 지금 눈앞에 보이는 아이들은 많아봐야 12~13세 정도밖에 되어 보이지 않았다.

물론 기껏 두세 살 정도밖에 차이 나지 않으니 뭐가 문제냐 할 수도 있겠지만, 미국에서는 연령 규제에 조금 민감한 편이다.

그런데도 아이들이 드라마를 시청했다는 것은 그만큼

'시티 오브 가더'의 인기를 실감할 수 있는 장면이었다.

"소감이 어떠냐?"

김성수가 새삼 놀랍다는 듯이 물었지만, 수현은 아이들을 지켜보느라 대답을 하지 못했다.

때마침 현의 역할을 하던 아이가 다른 아이들에 의해 배역을 뺏겼기 때문이다.

수현이 보기에도 아이의 연기는 어색했다.

등장할 때의 모습도 그렇지만, 대사도 전혀 살리지 못했다.

아마도 그 아이는 자신이 출연한 드라마를 보지 못한 것 같았다.

결국 아이들의 성화에 아이는 다른 아이에게 거친 태도로 가면을 넘겼다.

이번에 가면을 받은 아이는 동양인 소년이었다.

동양인 소년이 가면을 쓰고 담벼락 위로 올라가자 다시 역할 놀이가 시작되었다.

그렇게 관심을 갖고 지켜보던 수현의 눈이 일순 커졌다.

"쯧쯧, 그런 조무래기도 처리하지 못하고 몰렸구나."

비록 어설프긴 하지만 수현이 드라마에서 보여준 모습과 거의 흡사했다.

더욱 놀라운 것은 이후의 동작들이었다.

동양인 아이는 태권도를 배웠는지 화려한 발차기 동작을

선보였다.

"…잘하네."

수현은 '시티 오브 가더'의 촬영을 하면서 많은 아역 배우들을 봐왔다.

그런데 저 동양인 소년이 보여주는 연기나 액션은 그런 아이들에 비해 결코 꿀리지 않는 듯했다.

"형, 저 꼬마 어때요?"

생각지도 못한 곳에서 연기에 재능을 보이는 아이를 발견하게 되자 수현은 한 가지 생각을 떠올렸다.

다년간 매니저 일을 하며 연예계에서 잔뼈가 굵은 김성수 역시 수현의 의견에 동의했다.

"응, 괜찮네."

그가 보기에도 썩 괜찮은 연기로 보였다.

Chapter 9

마이크의 도전

"형이 보기에는 어땠어?"

"발음만 좀 교정한다면 충분히 가능성이 있어 보이더라."

"그 아이, 이곳에 온 지 얼마 되지 않은 것 같던데?"

동양인 아이의 연기를 되짚어본 수현은 아마도 외국에서 살다 온 것 같다는 판단을 하였다.

김성수가 발음이 어눌하다고 지적한 것이 바로 그러한 생각을 뒷받침해 주었다.

외국인들이 한국말을 자연스럽게 구사한다 해도 잘 안 되는 발음이 있다.

이는 이미 익숙해진 발성 구조 때문이다.

오랫동안 경험을 통해 고착화된 구강 구조가 정확한 발음을 방해하는 것이다.

그런 점에서 미루어볼 때, 동양인 소년은 비영어권 나라에서 태어나 영어를 배운 경우가 아닐까 하는 판단을 한 것이다.

"그 아이, 한국에서 이민을 왔거나 조기 유학 온 아이가 아닌가 하는 생각이 들던데……."

무엇 때문에 자꾸 생각나는 것인지는 모르겠지만, 수현은 김성수에게 계속해서 그 아이를 언급했다.

걸음을 멈춘 김성수가 수현의 얼굴을 빤히 쳐다보며 물었다.

"너, 정말 그 아이가 마음에 들었나 보다. 정말 가능성이 있는 것 같든?"

김성수도 흥미가 동한다는 듯 눈을 반짝이며 물었다.

그도 잘 알고 있었다, 수현의 눈이 얼마나 정확한지 말이다.

비록 수현을 전담한 기간은 그리 길지 않았지만, 같은 매니지먼트에서 일을 하다 보니 수현에 관한 소식은 종종 들을 수 있었다.

수현이 종종 가능성 있는 아이들을 발견해 언급했는데, 그중 몇은 킹덤 엔터에서 섭외하여 상당한 성과를 올리기도 했다.

사실 연예인이라는 직업이 부와 성공을 움켜쥘 수 있는 하나의 수단이 되어버리자 많은 부모들은 자식들에게 일찍부터 이 길을 강요하기도 한다.

재능 유무를 떠나 자신의 아이가 대단하다는 착각에 사로잡혀 촬영장을 기웃거리는 것이다.

물론 대부분이 부모의 강요에 못 이겨 억지로 끌려오지만, 그중에 보석과도 같은 아이들이 있기도 했다.

그런 아이들은 잘만 케어한다면 충분히 훌륭한 연기자가 될 수도 있었다.

다만, 부모의 강요나 잘못된 매니지먼트로 재능을 꽃피우지 못하고 사라지는 경우도 허다하다.

수현은 촬영하면서 이런 경우를 많이 접했다.

재능이 있는 아이들에게 조언도 해주고, 부모에게는 좋은 매니지먼트에 관해 설명도 해주었다.

하지만 연예계 데뷔를 한 지 얼마 되지도 않은 수현이다 보니 이야기가 잘 먹히지는 않았다.

인생 게임, 스타 라이프 덕분에 보통 사람과 달리 뛰어난 안목을 갖게 되었지만, 아직 딱히 성과를 내지 못한 신인의 말을 주의 깊게 듣는 경우는 드물었다.

그래서 대부분의 부모들은 수현의 조언을 무시했다.

물론 그중에 수현의 조언에 감사하며 받아들이는 경우도 있긴 했다.

아이에게 맞는 매니지먼트 회사를 찾으려 하거나, 수현이 소속된 킹덤 엔터와 계약을 맺기도 했다.

그로 인해 킹덤 엔터는 좋은 아역 배우들을 확보할 수 있었다.

사실 킹덤 엔터에서는 그전까지만 해도 따로 아역 배우들과는 계약을 맺지는 않았다.

솔직히 아역 배우들은 돈이 되지 않기에 기획사 입장에선 굳이 투자를 할 필요가 없기 때문이었다.

그런데 수현이 워낙 강하게 주장을 하자 마지못해 아역 배우들과 계약을 한 것이다.

이후 아역 배우들은 빠르게 실력이 향상되면서 관계자들을 놀라게 만들었다.

연기 실력도 일취월장하며 연예인으로서의 기본 소양도 착실히 쌓아 나가자 촬영 현장에서도 킹덤 엔터의 아역 배우들을 선호하게 되었다.

그로 인해 킹덤 엔터는 새로운 사업 영역을 가질 수 있었다.

한마디로 '믿고 쓰는 킹덤 엔터 아역 배우'로서 확고한 지위를 구축할 수 있었다.

이는 킹덤 엔터가 큰 어려움에 처했을 때도 많은 도움이 되어주었다.

수현과 최유진의 스캔들이 터지면서 킹덤 엔터는 온갖 언론으로부터 공격을 받았다.

그 여파로 기성 연예인들이 킹덤 엔터와 계약 해지를 하고 떠나갈 때에도 아역 배우와 그 부모들은 흔들리지 않았다.

애당초 수현의 사람됨을 잘 알고 있기도 하지만, 수현의 조언으로 연예계에 들어와 실력을 쌓을 수 있었기 때문이다.

결국 킹덤 엔터에서 이탈한 아역 배우는 한 명도 없고, 오히려 아역 배우들의 활발한 활동으로 인해 킹덤 엔터가 무너지지 않을 수 있었다 해도 과언이 아니었다.

로열 가드가 해외 활동으로 수익을 내고 있을 때, 국내에서는 몇몇 기성 연예인과 여러 아역 배우들이 활약을 했기에 팬들에게 잊히지 않고 자리를 지킬 수 있던 것이다.

그런 업적이 있다 보니 킹덤 엔터의 직원들은 수현이 하는 이야기를 결코 허투루 듣지 않았다.

원래 이런 일들은 매니저나 캐스팅 담당자가 해야 할 일이지만, 그들도 수현의 안목을 따라가기에는 미흡한 점이 많았다.

이는 수현이 톱스타라서가 아니었다.

인생 게임, 스타 라이프라는 시스템을 통해 상대를 정확하게 파악할 수 있기에 가능한 일인 것이다.

김성수는 그런 자세한 사정까지는 모르지만, 어쨌든 수현의 안목이 무척이나 뛰어나다는 것에는 동의했다.

그러자 수현이 언급한 아이를 다시 떠올려 보았다.

김성수가 보기에도 아이는 연기에 나름 소질이 있어 보였다.

하지만 이곳은 미국이다.

미국이란 나라는 자국이 세계제일이란 우월감이 자연스레 머릿속에 박혀 있다.

그래서 자신들이 사용하는 미국식 영어에 대한 자부심도 남달랐다.

영어의 원조라 할 수 있는 영국식 영어를 비웃고 희화할 정도로 자신들의 언어에 대한 우월감이 있는 것이다.

그러다 보니 방송에서 발음이 이상하면 놀림감이 되거나 배역도 단순한 단역까지가 한계였다.

그런 점을 고려해 김성수는 조금 전까지만 해도 아이에 대해 크게 기대감을 갖지 않았다.

그런데 수현이 거듭해서 아이를 언급하자 생각을 달리 하지 않을 수가 없었다.

'수현의 말이 사실이라면 원석을 발견한 것일지도 모르겠다.'

다시금 아이의 연기를 떠올려 보았다.

'나쁘지 않아.'

아니, 아무런 연기 수업도 받지 않은 상태에서 그 정도라면 충분히 가능성이 있었다.

김성수가 갑자기 멈춰 서자 수현도 내심 기대를 가지며 옆에서 기다려 주었다.

이윽고 무언가를 결정한 듯 김성수의 표정이 가벼워졌다.

아마도 수현이 바라는 것과 같은 결정을 내린 듯했다.

다시 걸음을 옮기는 두 사람이었다.

* * *

존 존스는 6개월간의 전국 투어를 마치고 모처럼 가족과 함께 휴식을 취하고 있었다.

그러던 중 그의 경호를 담당하던 마이크가 심각한 얼굴로 말을 해왔다.

"…그래서 그 일을 맡겠다는 거야?"

"응. 한 번 도전해 보려고."

마이크는 존 존스의 투어를 따라다니면서 안정적인 수입을 얻을 수 있었다.

그 덕분에 가족을 건사하는 데 많은 도움이 되었다.

하지만 마음 한편에는 프로 격투기 선수로서 제대로 된 이름도 알리지 못하고 끝을 낸 것에 대한 미련이 남아 있었다.

그런데 얼마 전 오퍼가 들어왔다.

그것도 무려, 최고의 격투 단체라 할 수 있는 WFC에서였다.

비록 메인이나 서브 메인이벤트 매치가 아닌, 방송조차 되지 않는 블라인드 매치이지만… 그래도 그게 어디인가.

사실 마이크는 존 존스의 경호원으로 일을 해오면서도 매일 거르지 않고 운동을 해왔다.

비록 가족의 생계를 위해 격투기 선수로의 생활은 포기했지만, 격투가로서의 자부심을 버린 것은 아니었다.

그런데 막상 이렇게 꿈의 무대라 할 수 있는 WFC에서 오퍼가 들어오자 마음이 흔들릴 수밖에 없었다.

"존, 너도 내 마음 알 거 아냐. 넌 수현을 만나 기회를 잡았지만, 난 그런 기회를 잡은 적이 없어 중간에 포기를 했다. 하지만……."

마이크는 자신을 말리려는 존을 안타까운 시선으로 바라보며 자신의 심정을 토로했다.

"하지만 이번에 기회가 왔어. 그러니 어떻게 되든 난 한 번 도전해 보고 싶다."

마이크는 고개를 돌려 이번에는 자신의 부인 마린다를 돌아보며 설득했다.

"여보, 정말 이번이 마지막이라 생각하고 한 번 해보고 싶어. 내 인생에 당신을 만난 것 다음으로 큰 기회야."

"여보……."

아무 말 못하고 자신을 바라보는 마린다에게 마이크가 살짝 입을 맞췄다.

"야!"

그 모습에 존이 인상을 쓰며 야유를 보냈다.

아직 변변한 애인 하나 없는 형 앞에서 애정 행각을 벌이니 새삼 부럽고 질투가 난 것이다.

똑똑똑.

그때, 노크 소리가 들려왔다.

"응, 열려 있어. 들어오라고."

존 존스는 누가 자신을 찾아올 것인지 이미 알고 있었다.

그래서 전혀 거리낌 없이 방문을 허락했다.

"헤이, 브로! 어서 와."

문이 열리고 수현이 들어오자 존은 얼른 자리에서 일어나 반갑게 맞이했다.

"존, 오랜만이야."

수현도 존을 얼싸안으며 반가움을 드러냈다.

존과 인사를 나눈 수현은 옆에 있던 마이크에게도 인사를 건넸다.

"마이크, 너도 반가워."

"그래. 수현. 잘 왔어."

세 사람이 반갑게 인사를 주고받는 동안 마린다가 정신을 차릴 수가 없었다.

그녀는 존 존스가 노래 하나로 일약 스타가 된 것을 잘 알고 있었다.

분명 좋은 일이고 기뻐해 줄 만한 일이지만, 그녀에게 딱히 대단하게 느껴지지는 않았다.

어차피 존 존스는 지역 내에서 유명하기도 했지만, 그전부터 마린다와도 잘 아는 사이였기에 딱히 스타란 자각이 잘 들지 않은 것이다.

하지만 수현은 달랐다. 현재 미국, 아니, 전 세계에서 정수현을 모르는 사람은 없을 정도였다.

그가 출연한 TV 드라마는 물론이고, 그가 속한 로열 가드의 노래는 현재 빌보드에서도 무서운 기세로 상승하고 있었다.

무엇보다 출시된 지 얼마 되지도 않았는데, 빌보드 톱 순위에 오를 정도로 엄청난 인기몰이를 하는 중이다.

무엇보다 마린다는 수현이 출연한 '시티 오브 가더'의 열혈 팬이었다.

미국인치고 코믹스를 좋아하지 않는 사람이 없는데, 마린다 역시 어릴 적부터 '시티 오브 가더'를 사랑해 왔다.

사실 '시티 오브 가더'의 원작에서는 수현이 맡은 사부현이 그리 중요한 역할이 아니었다.

그저 주인공인 조엘의 스승으로서 잠깐 언급이 되는 정도였다.

하지만 TV 드라마에서 사부 현은 그렇지 않았다.

이는 배역을 맡은 연기자가 수현이기 때문이다.

수현이 현실에서 아이를 구한 일은 사람들로 하여금 영웅이라 불리기에 부족함이 없었다.

게다가 사나운 곰을 물러나게 만든 수현의 능력은 마치 슈퍼 히어로 같은 인식을 심어주었다.

이처럼 현실에서도 비현실적인 능력을 보여준 수현이 '시티 오브 가더'의 주인공 조엘에게 신비한 동양의 무술을 가르치는 스승의 역할을 맡으면서 두 존재를 동일시하기에 이르게 된 것이다.

그와 동시에 코믹스에서는 별로 언급되지 않은 스승 현에 대한 호기심도 커져 갔다.

때문에 울프 TV에서는 급히 '시티 오브 가더'의 원작자를 찾아가 사부 현에 대한 캐릭터를 새롭게 수정했다.

그리고 그 결과가 바로 '시티 오브 가더'의 시즌 2에서 등장하는 현의 캐릭터였다.

사실 시티 오브 가더의 원작자는 울프 TV의 요구에 처음에는 불만을 표했다.

원작자에게 마치 강요하듯 캐릭터를 바꾸라는 요청이 그의 자존심에 큰 상처를 준다고 느꼈기 때문이다.

그렇지만 막상 바뀐 캐릭터로 드라마가 완성되고, 그것을 본 팬들이 더욱 열광하는 모습에 원작자도 놀라고 말았다.

뿐만 아니라 드라마가 인기를 끌면서 그가 이전에 그린 '시티 오브 가더'의 원작들이 재조명받으며 코믹스 순위도 껑충 뛰어 올랐다.

때문에 원작자인 피터 가브리엘은 급기야 '시티 오브 가더'의 외전격인 '마스터 전기'라는 작품을 서둘러 구상했다.

이 작품은 현의 일대기를 그린 만화로, 원래는 계획에 없던 내용이었다.

하지만 현재 주인공 조엘보다 사부 현에 대한 독자들의 요구가 커진 상태라 피터 가브리엘도 이에 편승해 코믹스계에서 재기를 노리는 것이었다.

사실 피터 가브리엘은 '시티 오브 가더'의 완결 이후 줄곧 내리막길을 걷는 상황이었다.

여러 편의 히어로 코믹스를 시도해 봤지만, 모두 흥행에 성공을 거두지 못했다.

바블 코믹스나 BC 코믹스에서 나온 작품들이 모두 성공을 거두는 동안 그의 작품은 대중들로부터 전혀 관심을 받지 못했다.

그런데 울프 TV에서 새 드라마로 '시티 오브 가더'가 선정되면서 피터 가브리엘에게 또 한 번의 기회가 주어졌다.

기존 코믹스의 내용과 다르게 각색을 하면서 무뎌져 가던 그의 감각을 다시 일깨운 것이다.

더욱이 사부 현의 존재는 그도 미처 생각지 못한 히든 피스가 되어주었다.

원작자도 생각지 못한 부분을 수현이 개성을 불어넣으면서 캐릭터가 생명을 얻어 살아난 것이다.

마린다도 사실 현이란 캐릭터에는 별 관심이 없었다.

하지만 '시티 오브 가더'의 드라마에서 조엘을 구해주고, 바른길로 인도를 하는 모습에서 큰 감명을 받았다.

그래서 덩달아 수현의 팬이 되었다.

마침 존 존스가 수현과 친구라 했으니, 언젠가 기회가 되면 꼭 사인을 받아달라고 했다.

그런데 그런 수현을 가까이에서 보게 되니, 그녀로서는 지금 꿈을 꾸고 있는 건 아닌지 믿을 수가 없었다.

"여보, 왜 그래? 무슨 일이야?"

놀라 정신을 차리지 못하는 마린다의 모습에 마이크가 걱정스럽다는 듯이 말을 건넸다.

"마이크… 현이야, 마스터 현!"

"웅? 마린다도 수현을 알아?"

어리둥절해하는 마이크와 달리 존은 그녀의 말에 크게 웃었다.

사실 존 존스는 이전부터 마린다가 '시티 오브 가더'의 팬이란 것을 알고 있었다.

사실 존과 마이크, 그리고 마린다는 모두 같은 동네 출신이다.

어려서부터 함께 자란 세 사람이다 보니 서로의 관심사가 무엇인지 잘 알고 있었다.

그리고 기회가 되면 마린다에게 수현을 만나게 해주겠다는 생각도 가지고 있었고, 그날이 바로 오늘이었다.

오늘은 마이크의 일을 상의할 것도 있고, 또 오랜만에 수현이 LA에 왔다는 것을 듣고 그를 초대한 상태였다.

그래서 일부러 마린다까지 부른 것이었다.

"수현, 여긴 마이크의 부인인 마린다야."

존의 소개로 마이크와 함께 있는 여성의 정체를 알게 된 수현은 빙그레 미소를 지으며 인사를 했다.

"반가워요. 존과 마이클의 친구인 정수현이라고 합니다."

자신을 보며 기뻐서 어쩔 줄 몰라 하는 마린다를 보며 수현은 가볍게 비주를 했다.

다른 때 같았으면 그냥 말로 소개를 하거나 악수를 하는 정도로 끝냈을 것이다.

하지만 자신이 처음 이곳에 들어왔을 때 보여준 그녀의 반응에 좀 더 친근한 인상을 주기 위해 스킨십을 시도했다.

그 자극이 너무 컸던 탓인지 마린다는 그 자리에서 석상이 된 것마냥 굳어버렸다.

짝!

존은 굳어 있는 마린다를 향해 손뼉을 치며 정신을 일깨웠다.

"미란다, 정신 차려."

"하~ 자기, 너무한 것 아냐? 어떻게 날 두고 다른 남자에게 그렇게 정신을 놓을 수가 있지?"

마이크도 마린다가 정신을 차리지 못하는 모습에 어처구니가 없다는 듯 한숨을 쉬며 말했다.

물론 다분히 장난기가 섞인 반응이었다.

"자기, 미안. 하지만 내가 수현을 얼마나 좋아하는지 자기도 잘 알잖아."

"와~ 마린다, 내가 인기 스타가 되었을 때도 이런 반응은 없었잖아?"

"존, 너와 수현을 어떻게 비교를 해? 그리고 너도 수현이 곡을 써줘서 이름을 알린 거잖아. 나보다 네가 더 수현에게 고맙다고 해야지."

세 사람이 호들갑을 떨며 주고받는 대화에 수현은 자신도 모르게 입가에 미소가 지어졌다.

사이좋은 세 사람의 모습에 왠지 한국에 있는 친구들의 모습이 떠올랐기 때문이다.

"하하, 세 사람 정말 사이좋구나. 그래, 존. 무슨 일인데 날 보자고 한 거야?"

수현은 어느 정도 상황이 정리되자 자신을 부른 이유를

물었다.

마침 LA에 와 있던 참이라 존을 한 번 보려고 생각하고 있었다.

존 존스 역시 6개월간의 미국 투어를 마치고 돌아온 참이라 서로 만나기에는 딱 알맞았다.

다만, 전화상으로 뭔가 주저하는 듯한 목소리를 들었기에 약간 걱정이 되긴 했다.

"그게……."

존은 수현의 질문에 잠시 주저하며 동생인 마이크를 돌아보았다.

그러자 마린다 역시 자신의 남편인 마이크를 쳐다보았다.

두 사람의 시선을 마이크에게 향하자 수현은 무엇에 관한 문제인지 어느 정도 짐작할 수 있었다.

수현 역시 마이크의 소망이 뭔지 잘 알고 있었기 때문이다.

마이크는 사람들의 시선이 자신에게 집중되자 잠시 당황한 기색을 보였다.

그러다 이내 어쩔 수 없다는 듯이 한숨을 쉬고는 이야기를 하기 시작했다.

원래 마이크는 그리 실력이 뛰어난 격투기 선수는 아니었다.

당연히 그가 속한 단체에서도 그에게 그리 신경을 써주지 않았다.

시합도 별로 하지 못하고, 어쩌다 시합이 잡혀도 그리 큰 관심을 끌지 못했다.

마이크가 격투기 선수 생활을 하며 벌어들이는 수입은 쥐꼬리만큼 적었다.

한 집안의 가장인 그로서는 많은 고민이 되는 일이었다.

결국 살림을 꾸려 나가기 위해 마린다도 취업 전선에 뛰어들어야 했다.

파트타임 아르바이트는 물론이고, 아직 미혼인 존의 살림을 챙겨주며 돈을 받았다.

사실 존의 집안 살림을 해주면서 돈을 받는다는 건 어찌보면 자존심 상하는 일일 수도 있었다.

하지만 이는 존이 요청한 일이었다.

그냥 돈을 준다면 마이크의 성격상 거절할 것이 분명하기 때문이다.

아무리 가족이라지만 마이크는 그런 부분에 있어서는 확고했다.

그래서 존이 일부러 식사와 청소 등을 부탁하며 그에 대한 돈을 주기로 한 것이었다.

당시의 존은 비록 전국적인 인지도는 없었지만, 그래도 LA 인근에서는 그래도 제법 알아주는 래퍼였다.

비록 부유하게 생활하는 것은 아니지만, 그래도 어느 정도 안정적인 삶을 살고 있기에 마린다에게 넉넉한 보수를 지불해도 별문제가 없었다.

따로 말은 하지 않았지만, 사실상 존의 도움으로 마이크의 가정이 어려움 없이 생활을 꾸려 나갈 수 있는 것이었다.

하지만 아이들이 태어나고 점점 자라면서 마이크의 고민은 커졌다.

제대로 된 가장의 역할을 하지 못한다는 것에 대한 자괴감이 든 것이다.

그래서 결국 격투기를 그만두고 형인 존의 보디가드로 전업을 하였다.

존의 돈을 받는 것은 마찬가지이지만, 그래도 좀 더 떳떳해지기 위해서였다.

그렇지만 격투기 선수로서의 꿈은 접을 수가 없었다.

헛된 꿈일지도 모르지만, 그래도 마이크는 시간이 날 때마다 계속해서 몸을 단련했다.

그래야 기량이 줄어드는 것을 조금이나마 늦출 수 있기 때문이다.

그런데 얼마 전, 예전 소속사에서 연락이 왔다.

급하게 선수를 구한다는 것이었다.

그것도 최고의 격투기 단체인 WFC에서 말이다.

원래 예정되어 있던 선수가 부상을 당하는 바람에 급히

대체 선수가 필요했는데, 이상하게도 대체 선수를 구해 계약하면 문제가 터져 또 다른 대체 선수를 구해야 하는 상황이 벌어졌다는 것이다.

그러다 보니 급기야 마이크에게까지 기회가 오게 되었다.

"그러니까… 1개월 정도밖에 시간이 남지 않았는데, 시합에 나가고 싶다는 거지?"

수현이 지금껏 들은 이야기를 요약하며 재차 물었다.

"응."

수현의 물음에 대답을 하면서도 마이크는 마린다의 눈치를 살폈다.

자신이 격투기를 그만두고 존의 경호원이 되겠다고 했을 때, 가장 기뻐한 것이 그녀였기 때문이다.

물론 마린다 역시 마이크의 꿈이 무엇인지는 잘 알고 있었다.

하지만 시합을 마친 마이크의 얼굴을 볼 때마다 걱정을 하지 않을 수가 없었다.

여기저기 터져 검붉게 멍이 들고 부풀어 오른 연인의 모습을 누가 좋아하겠는가.

이러다 남편이 잘못되는 것은 아닌가, 하는 불안감을 떨쳐 버릴 수가 없었다.

그러니 격투기를 그만두겠다는 말에 안도하는 마음이 든 것은 사실이었다.

물론 경호원이란 직업이 그렇게 안전하기만 한 것은 아니다.

아닌 말로 언제 어느 때 어떤 사고가 일어날지 모르는 것이다.

하지만 그래도 격투기 시합에 나가는 것보다는 좀 더 안심이 되었다.

하지만 그런 마린다의 마음과 달리 마이크는 하루하루 생기를 잃어갔다.

돈을 벌기 위해 존의 보디가드를 맡고는 있지만, 그건 자신이 원하는 삶이 아니었다.

가정을 위해서라면 자신이 참아야겠지만, 예전 소속사에서 연락이 오며 자신의 본심을 깨달을 수밖에 없었다.

결국 어렵사리 형과 아내에게 자신의 마음을 털어놓았다.

마린다는 조심스럽게 이야기를 꺼내는 마이크의 모습에 안타까운 마음이 들었다.

원래 마이크는 이렇지 않았다.

항상 당당하고 자신감이 넘치는, 멋진 사내였다.

그런데 지금은 자신의 눈치를 살피고 있었다.

마린다는 혹시 자신이 남편의 앞길을 막고 있는 것은 아닌가 하는 생각이 들었다.

한편, 존 역시 마이크의 고민에 깊은 생각을 했다.

그리고 자신이 아는 한 가장 생각이 깊은 이에게 연락을 해서 의견을 구하기로 한 것이었다.

"…마이크 생각은 어때? 다른 사람 눈치 보지 말고 네 생각을 말해봐."

수현은 차분한 어조로 마이크의 생각을 물었다.

사실 답은 이미 나와 있었다. 결과가 어떻든 간에 마이크의 선택에 달린 문제인 것이다.

주변에서 아무리 말려도, 설령 형이나 부인이라고 해도 본인의 결정을 막을 수는 없다.

물론 그에 대한 결과는 오롯이 본인이 책임을 져야겠지만, 후회 없는 결과를 위해서 남이 대신 결정을 내릴 수는 없는 노릇이었다.

주변에서 해줄 수 있는 것은 약간의 조언이 전부였다.

마이크가 여전히 답을 못 내고 망설이자, 수현이 자신의 생각을 밝혔다.

"마이크, 내가 해주고 싶은 말은 딱 하나야."

"응?"

"후회를 남기지 마. 지금 네가 내릴 결정은 앞으로 살아갈 삶에 지대한 영향을 미칠 거야. 그러니 무엇을 선택하더라도 후회를 남기지 말라는 소리야."

수현 역시 지금까지 살아오면서 많은 결정을 내려야만 했다.

입대 후 연인에게 이별 통보를 들었을 때, 낙뢰 사고 후

불가사의한 일을 겪었을 때, 그리고 군대 동기인 오대성의 권유로 보디가드 일을 하게 된 일……

이후로도 아이돌이 되고 배우고 되고, 또 정상급 여배우와의 스캔들, 활동 전면 중단 선언 등 모든 선택의 기로에서 수현은 단호하게 결정을 내렸다.

그 결정이 모두 옳았다고는 할 수 없을 것이다.

하지만 수현은 한 번 결정한 일은 뒤돌아보지 않았다.

인간은 어떤 선택을 하든 반대쪽 선택지에 대한 미련을 버리지 못한다.

특히나 결과가 나쁘게 나올 때는 더욱 그러하다.

하지만 인생은 되돌릴 수 없는 법.

하지 않고 후회하느니, 하고 나서 후회하는 게 낫다는 것이 수현이 내린 결론이었다.

"으음……."

수현의 조언에 마이크는 다시 한 번 신음을 흘렸다.

그때, 존이 대신 이야기를 꺼냈다.

"내가 보기에 마이크는 이미 생각을 정리한 것 같은데. 수현, 네가 마이크를 좀 도와줄 수는 없나?"

존은 그래도 형이라 그런지 마이크의 결정이 어떨 것이란 것을 이미 알고 있는 듯했다.

그리고 많은 능력을 가지고 있는 수현이 도와준다면, 마이크도 그 결과가 어떻게 나오든 받아들일 것 같았다.

어찌 보면 전혀 근거 없는 믿음이겠지만, 존 존스에게 있어 수현의 존재는 절대적이었다.

물론 수현의 능력이 뛰어난 점도 무시할 수는 없을 것이다.

하지만 단순히 그렇게 생각하기에 수현을 만난 후 달라진 삶의 차이가 너무도 컸다.

자신의 노래가 빌보드에 오른 것은 물론이고, 수현을 알고 있다는 것만으로도 음반계의 거물들과 안면을 익힐 수 있었다.

그래서 존은 수현을 행운의 신이 자신에게 보낸 메신저라고 생각을 하게 됐다.

그러니 이번에도 수현이 마이크의 문제를 해결해 줄 수 있을 것이란 생각이 들었다.

자신에게 온 행운을 동생 마이크에게도 나눠 주었으면 하는 바람에서였다.

Chapter 10

천둥벌거숭이

20XX년, 라스베이거스 컴뱃 아레나.

WFC 컴뱃 나이트 XX8이 열리는 오늘, 많은 관중들이 숨 막히고 열정 넘치는 시합을 보기 위해 이곳을 찾았다.

그중에는 수현과 셀레나 로페즈, 그리고 로열 가드 멤버들도 있었다.

수현이 이곳을 찾은 이유는 단순했다.

바로 마이크가 오늘 시합에 출전하기 때문이다.

마침 이종 격투기의 팬인 셀레나 로페즈도 수현을 따라 함께 왔다.

로열 가드의 멤버들은 그냥 두 사람을 훼방 놓을 겸 따라

왔다.

물론 마이크의 형인 존 존스도 당연히 함께였다.

사실 존 존스는 같이 온 것은 아니지만, 수현은 당연히 이곳에서 만날 거라 생각했다.

동생의 경기에 그가 빠질 리가 없기 때문이다.

"수현, 무슨 일 있어? 왜 그리 인상을 쓰고 있는 거야?"

존 존스는 수현의 표정이 굳어 있자 걱정스레 말을 꺼냈다.

평소 심각한 표정을 짓는 일이 없는 수현이기에 덩달아 긴장하는 존 존스였다.

"아, 미안. 그런 거 아냐. 그냥 조금 보고 싶지 않은 장면을 봐서."

"보고 싶지 않은 장면?"

존 존스는 의아해하며 되물었다.

그가 생각하기에 이곳에 수현이 꺼려할 게 있나 싶었던 것이다.

사실 수현으로서도 의외인 일이었다.

이곳 컴뱃 아레나에서 VIP 좌석은 따로 지정되어 있는 게 아니다.

시합을 좀 더 가까이에서 볼 수 있는, 옥타곤과 가까운 좌석 5열까지를 일컫는 것이었다.

그 때문에 수현의 맞은편에도 유명인들이 앉을 수 있는

VIP 좌석이 마련되어 있었다.

그런데 그곳에 수현과 악연을 맺은 이들이 앉아 있는 것이 보였다.

작년 연말 그래미 시상식 뒤풀이 파티에서 얽힌 저스트 비버와 일본 진출 당시 충돌을 빚은 곤도 무사시.

둘 모두 수현으로서는 떠올리기도 싫은 정도로 관계였다.

저스트 비버의 경우, 그 일을 본인이 했는지는 모르겠지만, 당시 셀레나 로페즈와의 거짓 스캔들을 퍼트려 곤욕을 치르기도 했다.

또 그 옆에 있는 곤도 무사시 또한 수현과 악연이 깊었다.

인성이 바르지 못한 그는 한국인과 한국과 관련된 이슈에 대해 잘못된 가치관을 갖고 있었다.

뿐만 아니라 시합에 이기기 위해 비열한 반칙도 서슴없이 저지르고는 했다.

그 때문에 격투가로서 최고의 자질을 가지고 있음에도 아직도 챔피언의 자리에 오르지 못하고 있었다.

챔피언이 되기 위해선 뛰어난 격투 실력은 물론이고, 모든 것을 걸고 매진하는 노력이 필요하다.

하지만 곤도 무사시에게는 그런 점이 부족했다.

수현에게 패한 후, 곤도 무사시는 마치 각성이라도 한듯 이를 악물고 연습에 매진했다.

그로 인해 해당 단체에서 챔피언 자리에 등극하고, 이후 이종 격투기 최고의 단체인 WFC와 계약을 맺을 수 있었다.

일본인들은 곤도 무사시가 각성을 했으니 얼마 지나지 않아 WFC에서도 챔피언이 될 것이라 자신했다.

물론 곤도 무사시 본인도 마찬가지였다.

하지만 제 버릇 개 못 준다고 했던가.

WFC의 첫 시합은 그런대로 성공적으로 치렀다.

그렇지만 그게 독이 되었는지, 곤도 무사시는 다시 원래의 모습으로 돌아갔다.

자만심에 빠진 곤도 무사시는 노력을 게을리하며 내리막길을 걸었다.

그나마 두 번째 시합은 판정 끝에 근소한 차이로 승리를 챙겼지만, 세 번째 시합은 그렇지 못했다.

WFC의 월드 랭킹 3위와 시합을 벌여 일방적으로 두들겨 맞다가 레프리 스톱, 즉 TKO로 패배를 하고 말았다.

그런데 곤도 무사시의 추태는 거기서 끝나지 않았다.

레프리 스톱으로 겨우 위기를 모면한 주제에 뒤늦게 주심에게 항의를 한 것이다.

시합을 지켜보던 팬들은 재미없는 시합을 하고도 도리어 주심에게 항의하는 그에게 야유를 보냈고, 이때까지 그를 일방적으로 응원하던 일본인들 또한 창피하다는 반응을 보였다.

그럼에도 곤도 무사시는 되레 성질을 부렸다.

시합이 끝난 뒤 SNS에 그 모든 것이 자신의 작전이었고, 반격을 준비하던 중 심판이 상대에게 유리한 판정을 내린 것이라는 주장을 거듭했다.

아무리 이종 격투기의 심판이 다른 스포츠에 비해 존중을 받지 못한다고는 하지만, 곤도 무사시의 행동은 심판의 권위를 심각하게 훼손하는 행위였다.

결국 WFC에서는 곤도 무사시의 과한 행동에 벌금과 파이트머니 삭감이라는 징계를 내렸다.

그럼에도 곤도 무사시는 계속해서 물의를 일으켰다.

상대 선수에 대한 비방은 물론이고, 시합 중 노골적인 반칙 사용은 팬들을 분노하게 만들었다.

그래서 현재는 WFC에서도 그의 시합을 잡아주지 않을 정도였다.

어쨌든 그런 두 사람이 눈에 띄자 수현의 기분은 그리 좋지 못한 것이었다.

"이봐, 존. 마이크의 시합은 언제 시작하지?"

수현은 주제를 돌리기 위해 엉뚱한 질문을 던졌다.

컴뱃 아레나에 들어오기 전 진행표를 받아 확인했기에 시합의 순서는 이미 알고 있었지만 일부러 물어본 것이다.

"아, 그러고 보니 마이크의 상태가 어떤지 가보려 했는데… 어때? 함께 보러 갈래?"

"음, 그래. 그게 좋겠다."

컴뱃 아레나의 선수 대기실.

시합을 앞둔 선수를 위해 주최측에서 마련해 준 공간이다.

이 공간은 관계자 외에는 출입을 할 수 없을 뿐만 아니라, 시합이 임박하면 코치나 감독도 자리를 물러나 오로지 선수가 정신을 집중할 수 있게 자리를 피해준다.

오늘 블라인드 매치를 치르는 마이크는 WFC에서 마련해 준 자신의 개인 대기실에서 마음을 가다듬으며 시합에 대비하고 있었다.

시합 시간이 점점 다가올수록 그의 긴장감은 더욱 심해졌다.

속도 메스껍고, 새삼 요의도 느껴졌다.

방금 전에 화장실을 다녀왔는데도 너무 긴장한 나머지 마음을 잡을 수가 것이다.

똑똑.

"마이크."

'어?'

그때, 문밖에서 존의 목소리가 들려왔다.

"들어와."

"마이크, 내가 누굴 데려왔는지 봐."

존은 과장되게 문을 열고 등장하더니, 마치 광대처럼 자리를 비켜주었다.

그러자 수현이 역광을 받으며 모습을 드러내는 것이 아닌가.

대기실 내부는 선수의 집중력을 위해 조명이 흐릿하게 설정되어 있었다.

그러다 보니 상대적으로 복도는 밝았다.

그래서 일순간 수현이 등장하는 순간, 마이크는 수현의 등 뒤로 후광을 본 듯한 착각을 할 수밖에 없었다.

'아!'

마이크가 넋을 잃고 자신을 바라보자 수현의 차분한 목소리로 말을 걸었다.

"마이크, 많이 긴장되나?"

"으응, 오랜만이라 그런지 좀 긴장되네."

마이크는 조금 전 자신이 본 것을 애써 지우며 얼른 대답을 하였다.

"긴장하지 말라는 식상한 말은 하지 않을게. 다만 이것만은 반드시 기억해."

수현은 단호한 표정으로 마이크의 눈을 쳐다보며 이야기를 하였다.

"그동안 네가 준비해 온 노력을 잊지 말고, 기회가 보인다 싶으면 절대 놓치지 마. 그리고 결과는 생각하지 마."

수현이 처음 태권도를 배울 때의 일이다.

당시 수현은 여러 시합들을 참관하며 경험을 쌓아 나가고 있었다.

그러다 우연히 한 시합을 보게 되었다.

시합에 나온 선수는 누구나 인정할 만한 재능을 가지고 있었지만, 결과가 좋지 못했다.

지나친 자신감과 헛된 망상으로 도무지 시합에 집중을 하지 못하는 것이었다.

결국 그 시합도 상대 선수의 허를 찌르는 반격에 패배하고 말았다.

분명 실력은 더 위였지만, 한순간의 자만과 방심이 화를 불러온 것이다.

하지만 이후로도 나아지는 게 없었다.

결국 그 선수는 끝내 단점을 고치지 못하고 재능이 망가졌다.

또 그와 반대되는 케이스도 있었다.

상대 선수의 명성에 지레 주눅이 들어 제대로 기량을 펼쳐 보지도 못하고 망하는 케이스였다.

현재 수현이 보기에 마이크는 후자의 경우였다.

지나치게 긴장한 탓에 이대로라면 제대로 실력 발휘를 하지 못할 것 같았다.

"잘 새겨들어. 마스터의 말씀이다."

옆에서 존이 웃으며 끼어들었다.

그가 보기에도 마이크는 너무 긴장한 탓에 바짝 얼어붙은 듯했다.

그래서 일부러 농담을 건넸다.

"너도 들어는 봤을 거야. 적당한 긴장감은 정신력을 고조시켜 플레이를 능숙하게 해주지만, 너무 지나치면 근육을 굳게 만들어 오히려 동작이 늦어진다는 말."

짝!

수현은 말을 끝내기 무섭게 손바닥으로 마이크의 등을 후려쳤다.

"억!"

갑작스러운 충격에 마이크는 정신이 번쩍 들었다.

그와 동신에 조금 전까지 그의 정신을 침잠하던 중압감은 온데간데없이 사라지고 머릿속이 맑아졌다.

"고마워. 그 말을 들으니 좀 진정이 되는 것 같다. 조금 전까지만 해도 많은 생각 때문에 위축되었는데. 그런데… 좀 많이 아프다."

말은 그렇게 꺼냈지만, 마이크는 크게 마음이 놓였다.

만약 형과 수현이 찾아오지 않았다면, 정말로 자신이 어떻게 되었을지 보지 않아도 빤했다.

긴장감에 집어삼켜져 제대로 실력도 펼쳐 보지 못하고 기회를 날려 버렸을 것이다.

하지만 다행히도 두 사람이 찾아와 조언을 해준 덕분에 정신을 차릴 수 있었다.

"하하하!"

"이제 정신이 번쩍 났을 테니, 우린 이만 가볼게."

"수현, 정말 고마워. 그리고 형도. 이제 더는 못난 모습 보이지 않을게."

"그래. 당연하지. 시합 잘하고, 웃으면서 다시 보자고."

수현은 이제 마지막 각오를 다질 수 있게끔 자리를 비워 주기로 하고 존과 함께 대기실을 나왔다.

뚜벅뚜벅.

대기실 복도를 조용했다.

시합을 기다리는 선수들을 위해 정숙한 분위기 유지는 필수였다.

그래서인지 지금 복도에는 수현과 존 존스, 두 사람의 발걸음 소리만이 고요하게 울려 퍼졌다.

"수현, 같이 와줘서 고마워."

"무슨. 마이크도 내 친구야. 친구가 시합을 하는데, 당연히 와야지."

아무렇지도 않게 말하는 수현에게 존은 더욱 고마움을 느꼈다.

새삼 감사를 전하려는데, 갑자기 수현이 그 자리에 멈춰

섰다.

의아한 마음에 존 존스가 바라보니, 수현은 어딘가를 응시하고 있었다.

존 존스 역시 자연스레 시선을 돌렸다.

"어?"

그 순간, 존 존스는 선수 대기실을 나오는 누군가를 볼 수 있었다.

그건 다름 아닌 저스트 비버였다.

하지만 수현의 관심사는 저스트 비버가 아니었다.

저스트 비버의 뒤에 있는 곤도 무사시였다.

마침 두 사람도 수현을 발견했는지 아는 척을 해왔다.

"이게 누구야, 주제도 모르고 분수 넘치는 인기를 얻은 행운아 아냐?"

역시나 주변은 전혀 의식하지 않고 기분대로 행동하는 저스트 비버다운 행동이었다.

하지만 수현은 그런 저스트에게 전혀 반응하지 않았다.

단지 그 뒤에 서 있는 곤도 무사시를 보며 인사를 했다.

"오랜만이야."

"뭐야, 날 무시하는 거야?!"

저스트 비버는 자신을 무시하는 수현의 태도에 더욱 화를 냈다.

감히 자신이 먼저 말을 걸어줬는데 아는 척도 하지 않자,

무시당했다는 기분이 들어서였다.

하지만 수현은 저스트가 화를 내든 말든 상관하지 않았다.

"음……."

한편, 곤도 무사시도 당황을 금치 못했다.

설마 수현이 자신에게 아는 척을 해올 줄은 미처 예상하지 못한 것이다.

무엇보다 수현과 자신은 인사를 주고받을 정도로 친한 사이도 아니었다.

아니, 어떻게 보면 원수와 비슷했다.

물론, 그 원인이 자신에게 있다는 사실은 잘 알고 있었다.

수현을 처음 봤을 때부터 질투에 눈이 멀어 악담을 날렸다.

그것도 TV로 중계되고 있는 상황에서 전혀 상관도 없는 수현에게 시비를 건 것이었다.

그리고 결과는 보기 좋게 당했다.

프로 격투기 선수인 자신이 연예인과의 시합에서 KO를 당한 것이다.

그것도 그냥 진 것이 아니었다.

일명 초살이라 불릴 정도로 순식간에 끝나 버렸다.

수현을 보자 그때의 악몽이 새삼 되살아났다.

"흠흠."

무안한 마음에 곤도 무사시는 헛기침을 했다.

왠지 모르게 당시 수현에게 맞은 턱이 아파왔다.

"격투기를 구경 왔나 보군. 하긴 여긴 진짜들이 피와 땀을 흘리며 겨루는 전장이니 남자라면 관심이 가겠지."

계속해서 자신을 무시하는 태도에 저스트 비버가 비웃듯이 수현을 몰아붙였다.

수현이 극중에서 보여준 것은 그저 카메라 연출일 뿐이고, 실제로는 뭣도 아니라는 식의 비방이었다.

하지만 평소 같으면 저스트에게 호응했을 곤도가 아무 말도 없이 굳은 표정으로 그저 조용히 수현을 노려보고 있었다.

그러자 저스트 비버는 더욱 열을 올리며 수현에게 비난을 퍼부었다.

사실 저스트 비버는 일본의 문화에 흠뻑 빠져 일본을 제외한 아시아 국가들은 모두 미개하다 생각하고 있었다.

이는 일본 제국주의의 산물인 가미가제와 무사도를 맹신하고 있는 저스트 비버이기에 가능한 생각이었다.

하지만 그런 저스트 비버의 사고방식을 알지 못하는 수현은 지금 그가 무슨 말을 하는지 도저히 이해할 수가 없었다.

정상적인 사고를 가진 사람이라면 결코 입에 담지 못할

일이었다.

조금만 인터넷을 검색해 봐도 알 수 있는 문제를 저스트 비버는 마치 본인이 일본 우익의 대변인이라도 되는 듯 한국인인 수현을 무시하고 깎아내리기에 급급했다.

물론 셀레나와 수현이 서로 사귀고 있다는 사실도 하나의 이유가 되었을 것이다.

자신과는 매번 싸우기만 하던 셀레나가 수현과 사귀며 행복한 미소를 짓는 모습은 정말 아름다웠다.

새삼 헤어진 것이 안타까울 정도로 말이다.

그러다 보니 수현에 대한 적대감은 더욱 쌓여만 갔다.

수현의 영웅 이미지와 울프 TV 때문에 저스트 비버의 소속사에서는 수현에 대한 비방을 자제하고 있지만, 저스트 비버는 전혀 상황을 파악하지 못했다.

결국 보다 못한 존이 나서서 저스트 비버에게 훈계를 했다.

"이봐, 헛소리를 하려면 네 패밀리에게나 해. 여기서 지금 뭐 하자는 거야?"

하지만 워낙 자기애가 강한 저스트 비버는 수현과 함께 있다는 것만으로 존 존스마저 무시했다.

"어디서 니그로 따위가 나대는 거야!"

본인의 잘못은 생각도 않고 급기야 인종차별적인 언사를 내뱉었다.

스타라이트

순간, 주변이 쥐 죽은 듯 고요해졌다.

그냥 나오는 대로 말하다 보니, 써서는 안 될 단어를 사용한 것이다.

워낙 조용한 복도이다 보니 몇몇 WFC 관계자들도 그 말을 똑똑히 들을 수밖에 없었다.

다양한 인종이 살아가는 미국에서 인종 간의 갈등은 무척이나 심각한 문제일 수밖에 없다.

그 때문에 이를 해결하기 위해 미국 정부는 물론이고, 주정부에서도 엄격하게 법을 정해놓고 있었다.

그런데 방금 저스트 비버가 그런 법을 어긴 것이다.

만약 일반인이 그런 발언을 했다면 그저 단순하게 벌금형 정도로 끝날 수도 있겠지만, 저스트 비버는 그냥 평범한 일반인이 아니었다.

수많은 팬을 가지고 있으며, SNS를 통해 그보다 많은 팔로워를 가지고 있는 유명인이다.

그의 팬 중에는 백인도 있고, 수현과 같은 아시아 인종도 있으며, 또 존 존스와 같은 흑인도 있다.

그런데 방금 흑인들을 비하하는 '니그로' 라는 단어를 쓴 것이다.

좀 우스운 일이긴 한데, 그런 단어를 쓸 수 있는 인종은 바로 당사자인 흑인뿐이다.

그 외의 인종이 '니그로' 나 '니거' 라는 단어는 써서는 안 될 금기어가 되어버렸다.

그러면 흑인들을 어떻게 불러야 하는가.

그것은 바로 '블랙' 이란 단어다.

그렇지 않고 '니그로' 나 '니거' 같은 단어를 공공장소에서는 썼다가는 총을 맞아 죽을 수도 있었다.

그런데 하필이면 지금 이 장소 역시 흑인들이 많이 활동을 하는 이종 격투기 시합장이었다.

저스트는 저도 모르게 황급히 주변을 살폈다.

그 역시도 자신이 큰 실수를 저질렀다는 것을 아는 것이다.

"이런 엿 같은! 너 지금 뭐라고 했어! 다시 말해봐!"

물론 존 존스는 그냥 넘어갈 생각이 전혀 없었다.

그는 도저히 참을 수 없다는 듯이 소리치며 저스트에게 따지고 들었다.

이곳이 정숙해야 할 선수 대기실 앞이라는 것도 잊은 듯했다.

사실 어찌 보면 당연한 일이었다.

존 존스는 거친 래퍼의 이미지를 갖고 있다.

그래서 감히 존 존스 앞에서 인종차별적인 비하 호칭을 쓰는 이는 이제껏 없었다.

그런데 설마 전 세계적으로 인기를 가지고 있는 톱스타, 그것도 많은 흑인 아티스트들의 도움을 받으며 승승장구하고 있는 저스트가 인종차별적인 언어를 사용하리라고는 꿈에도 상상하지 못한 것이다.

아무리 흥분한 상태라고는 하지만, 오히려 그렇기에 더욱 문제가 될 수도 있었다.

저스트의 무의식 속에 그런 인종차별적인 생각이 박혀 있기에 그런 말이 나온 것이기 때문이다.

존 존스는 참을 수 없을 만큼 화가 났지만, 애써 감정을 다스리며 저스트의 변명을 기다렸다.

어찌 되었든 이곳은 자신이 주인공인 무대가 아니었다.

어쩌면 인생에 한 번뿐인 순간일지도 모를, 동생 마이크가 기회를 잡느냐, 못 잡느냐 하는 시합이 잠시 후에 있기 때문이다.

만약 그렇지 않았다면 니그로라는 단어가 나온 순간, 저스트 비버에게 바로 달려들었을 것이다.

아무리 자신보다 유명한 스타라고 하지만, 만약 저스트의 망언이 알려진다면 비난을 피하지는 못할 것이다.

"존, 진정해. 네가 무엇 때문에 화를 내는 것인지 알겠지만, 조금 뒤면 마이크의 시합이 있다."

수현도 더 이상 가만히 지켜보지 않고 친구인 존을 막아섰다.

그러면서 고개를 돌려 저스트 비버, 아니, 그 뒤에 있는 곤도 무사시에게 주의를 주었다.

"네 어린 친구는 아직 진실을 알지 못하나 보군."

"음……."

곤도 무사시는 나직하게 신음을 흘렸다.

예전 자신이 수현에게 꼼짝없이 당한 일이 떠올랐기 때문이다.

"내, 내가 뭘 모른다는 거야?!"

조금 전 자신이 큰 실수를 저질렀다는 것을 알지만, 수현이 자신을 무시하는 듯하자 또다시 흥분해 소리치는 저스트였다.

그런 저스트의 모습에 수현은 연민이 들었다.

어려서부터 너무 큰 인기를 얻다 보니 인성이 제대로 형성되지 못하고 망가졌음을 알아차린 것이다.

확실히 미국은 기회의 땅이고, 아메리칸드림을 이룩한 행운아들이 아직도 간혹 나오고 있는 나라다.

어떻게 보면 수현 역시 그런 아메리칸드림을 이룩한 사람이기도 하지 않은가.

현대 사회는 그 구조상 부자는 가진 자본을 이용해 더욱 많은 부를 축적하고, 그렇지 못한 사람은 더욱 가난해진다.

물론 수현은 그렇게 가난한 사람도 아니고, 기회가 절실하게 필요한 사람은 아니다.

하지만 우연한 기회에 선행을 한 번 한 것으로 다른 누군가가 몇 년을 노력해야 할 것을 단번에 이룬 것도 사실이다.

　물론 그런 상황이 없었다고 하더라도 수현은 일반 사람과 다르게 특별한 재능이 있어 그들보다 빠르게 성공을 했겠지만, 그 과정에 많은 시간을 소요되었을 것이란 것은 두말할 것도 없다.

　수현에게 호감을 가진 스태프나 친구들은 수현이 미국에서 오래오래 활동을 했으면 하는 바람에서 미국 연예계에서 조심해야 할 부분에 대한 조언을 아끼지 않았다.

　그리고 수현도 다른 나라에서는 조심해야 하는 행동이나 말이 있다는 것을 잘 알고 있다.

　각 나라마다 문화가 다르기에 충분히 있을 수 있는 일이었다.

　당연히 존중을 해야 할 일이고, 조심해야 할 일이었다.

　그런데 저스트 비버는 그렇지 않은 모양이었다.

　사실 저스트 비버 또한 미국인이 아니다.

　그저 우연한 기회에 유명 프로듀서의 눈에 띄어 미국으로 건너와 인기 스타가 되었을 뿐이다.

　다시 말해, 저스트 또한 아메리칸드림을 실현한 사람이라는 것이다.

　캐나다의 평범한 중산층 아이에서 아메리칸드림을 이루면서 갑부가 된 저스트 비버.

　그 때문인지 어린 나이에 온갖 사고를 치고, 지금도 수많은 물의를 일으키며 많은 안티를 거느린 아티스트로도 유명했다.

더욱이 저스트는 나이도 어리고 지식이 짧은 탓에 각 나라의 문화와 관계에 대해 무지했다.

해외 공연을 갔다가 팬들과 물의를 빚어 관계자들을 당황하게 만드는 것도 한두 번이 아니었다.

아마 오늘 일이 알려진다면 그의 레이블이나 레코드 회사에서도 심각하게 받아들일 것이 분명했다.

다른 회사에 소속된 아티스트와의 분쟁은 회사 간의 합의로 얼마든지 해결할 수 있지만, 인종차별 문제는 그렇게 간단히 처리할 수 있는 문제가 아니기 때문이다.

하지만 당장 중요한 것은 그런 것이 아니었다.

복도에서 소란이 일자 시합을 준비하며 대기실에 있던 선수와 스태프들이 복도로 나왔다.

정숙을 유지해야 할 복도에서 큰 소리가 터져 나오자 관심을 보인 것이다.

그런데 웃기게도 이종 격투기에 종사하는 이들 중 흑인들의 비중이 압도적으로 높았다.

그리고 오늘 시합을 하러 온 선수들 중 80%가 흑인이고, 스태프들은 그 이상으로 많았다.

그런 곳에서 금기어인 '니그로'라는 단어가 나왔으니, 당연 관심이 집중되는 것은 불을 보듯 빤한 일이었다.

그나마 저스트 비버에게 다행이라고 할 수 있는 것은, 언쟁을 벌이고 있는 네 사람 중 한 명인 존 존스가 흑인이라는 점이었다.

만약 그렇지 않은 상태에서 그와 같은 인종차별 단어가 나왔다면, 당장 주변에 있는 선수들이 들고일어났을 것이다.

결국 사태를 수습해야겠다고 판단한 수현이 나서서 저스트 비버에게 한마디를 던졌다.

"이봐, 나에 대한 욕을 하고 싶다면 좀 더 알아보고 나서 하도록 해. 여긴 너 같은 천둥벌거숭이가 소란을 피워도 되는 곳이 아니다. 오늘을 위해 연마해 온 파이터들이 모인 곳이다."

휘익!

수현의 이야기에 공감한 것인지, 이를 지켜보던 사람들 속에서 휘파람 소리가 들려왔다.

수현은 몸을 돌려 고개를 살짝 숙여 보였다.

이는 괜한 소란으로 선수들의 집중을 방해한 데 대한 사과의 의미였다.

그 진지하고 경건한 태도에 선수들은 자신들에 대한 존중을 느꼈다.

그리고 이는 저스트의 뒤에 있는 곤도 무사시 또한 마찬가지였다.

이제는 은퇴를 고려할 정도의 나이가 된 곤도 무사시이지만, 그 또한 명색이 격투가였다.

비록 제대로 역사 교육을 받지 못해 잘못된 사상을 가지고 있기는 하지만, 격투가로서 방금 전 수현이 보여준 모습을 폄하할 생각은 없었다.

또한 한결같은 수현의 모습에 아무리 그와 악연이 있다 해도 인정하지 않을 수가 없었다.

"더 이상 여기에 있는 것은 다른 사람들에게 실례인 것 같다. 그만 우리 자리로 돌아가자."

곤도 무사시는 흥분한 저스트를 달래며 자리로 돌아가려고 했다.

"음……."

나이를 떠나 친구가 된 곤도 무사시의 말에 저스트는 낮게 신음을 흘렸다.

아무리 그가 천둥벌거숭이처럼 사고를 치고 다니기는 하지만, 현재 돌아가는 분위기조차 파악하지 못할 정도로 머저리는 아니었다.

더욱이 조금 전 자신이 내뱉은 인종차별적인 단어가 알려져 봐야 좋을 것은 없겠다는 판단에 곤도의 말에 따르기로 했다.

하지만 제 버릇 개 못 준다는 말은 이번에도 어김없이 들어맞았다.

스타라이트

저스트 비버는 그냥 이대로 물러나는 것은 싸움에 진 개가 꼬리를 마는 것 같아 굳이 한마디를 남겼다.

"오늘 일은 절대 그냥 넘어가지 않을 거다! 오늘 일을 내 팬들에게 알려 너희를 망하게 해줄 거야!"

어처구니없는 저스트 비버의 선언에 수현은 물론이고, 존 존스까지 황당해했다.

"뭐, 저런 미친놈이 다 있지?"

"음, 저스트 비버가 문제가 많다고 들었는데, 그 말이 사실이었군."

물론 두 사람뿐만 아니라 복도로 나온 선수와 스태프들도 어이없다는 표정을 짓고 있었다.

〈『스타 라이프』 제13권에서 계속〉